哀凋

蔚夏——著

目次

第一話　誰的人間

一

她瞥見地面上無數個人的腳來來往往，踉蹌、沉重、無力、匆忙。耳邊是撕心裂肺的哭聲，層層疊疊，像花苞閉合般，把她的世界關進一個悲傷難以承受的地方。那裡充滿了絕望和哭聲，只有她是沉默的。

她坐在椅子上，盯著自己的雙手。她沒辦法忘掉，他們的手在她手裡沒有了餘溫、變得僵硬。她沒有辦法溫熱他們。然後她就這樣被迫放手，就這樣看著他們被推進一個冰冷的地方，關上門，與這個世界隔絕，與她隔絕。應該要哭出來的。可是她只是安靜，安靜得連眼神都渙散著，找不著一絲情感溫度，失了魂似地，坐在那裡。

「請節哀。」醫生落下這麼句話，便安靜地離開。

戚茉猛地睜開眼，大大地喘著氣，雙眼仍緊盯著天花板，還沒緩過神。外頭的雨聲打著窗面，提醒剛剛的場景只是一場夢境。戚茉緩緩坐起身，把頭髮隨性地往後撥，瞥向桌上的時鐘。兩點四十三分。秒針走動的聲音忽然在她耳邊被放大、蓋過了雨聲。

滴答、滴答、滴答、滴答。

一陣不適感從胃裡湧上，哽到喉頭，她皺眉，掀開棉被起身，不管雙腳赤裸地踏上地板的寒冷刺骨，走到桌邊，伸手把時鐘拿起，拔掉電池、全往垃圾桶一扔。

她靜佇幾秒，坐回床沿。覺得冷，冷得雙手和雙腳都發疼。戚茉呵了一口氣在手心，再一口、又一口，手卻暖不起來。

怎麼樣也暖不起來。

她垂下雙手，什麼動作也不做了，只是緩緩轉過頭看著窗面、看著上頭隱隱約約的自己的臉龐，連眼神都失去溫度。

許久，直到光線從天際線發散而出，刺痛她的雙眼，張狂地宣示著天明破曉，徹底點亮外頭的世界，她才收回視線、離開床沿，利索地把窗簾一拉，遮蔽所有的明亮。

「真累。」

／

當她走進教室，裡頭的人都安靜下來，沒有一個人上前和她搭話，她也把他們當作空氣似地，將書包扔在座位上，人就往外走。大家面面相覷了幾秒，沒人敢議論，只是各自回到剛剛聊天的話題，音量自然而然地降低。

原本的至親好友湯沂此刻也只是看著她的書包發愣。

「喂。」湯沂的桌子被踹了一下，抬起頭來就看見席媛澄雙手插進短裙口袋睨著她。

席媛澄有大小姐脾氣，成績不好又愛惹事，一副在外頭有混過的樣子，班上的同學都儘量不和她牽扯在一起，能避開就避開。理所當然她就成為了這個班上的頭頭，只要她開口說話，沒有人敢插話。

但是像湯沂這樣的人，倒也不是怕她，只是冷淡慣了，不想蹚渾水。而此刻，她抬起頭看她，不卑不亢地，「什麼事？」她冷冷淡淡的聲音讓班上的同學不禁側眼看起熱鬧。

在他們眼裡，席媛澄的找碴無端就是又一次的日常慣例。席媛澄的樣貌是中上等級，又加上化妝技巧的陪襯，讓她能夠被稱作是「漂亮」的。而湯沂和戚茉這兩個互為好友的人也是漂亮的，只是她們都不化妝，湯沂一頭柔順微棕色的中長髮，空靈的氣質、講話永遠都是輕聲且冷淡，讓人對她講話也粗魯不起來；戚茉的長髮及腰，烏黑微捲，和湯沂微微不同的是，戚茉的五官更為精緻，皮膚非常白，更引人注目。然而席媛澄就是看不慣她們倆。

「戚茉那傢伙是怎麼回事？她昨天用那樣的態度對我，我很不高興。」

湯沂低下頭做自己的事，事不關己地回答：「妳自己也是用那樣的態度對她。」

縱使是席媛澄，對著湯沂也說不出些什麼難聽話，只好按著先不發作，「湯沂啊，妳好朋友戚茉，昔日的好學生，連續翹課，也不交作業。妳說，該怎麼辦呢？」

她照樣沒抬頭，照樣事不關己的語氣，「關妳什麼事？」

一個巴掌拍不響，席媛澄自討沒趣，便拿旁邊偷偷看熱鬧的人出氣，「看什麼看啊，找死啊。」所有人趕緊轉過頭去。

直到打了上課鐘，席媛澄回到自己的座位後，湯沂才從書本中抬起頭，看向戚茉的座位，沒幾秒又轉回來，繼續看書。

「妳究竟是怎麼了？都已經高三了，要大考了，妳現在這副樣子？」

「我什麼樣子？」

「妳自己最清楚。再這樣下去，妳會被退學的妳知不知道？」

「知道。」

「戚茉，振作起來。」

「我知道妳很不屑自我墮落的人。所以如果妳現在看不慣我，那我們就不是朋友沒關係。湯沂，妳放過妳自己吧。」

「這什麼話？」

「妳就當戚茉死了。我謝謝妳。」

湯沂知道戚茉的脾氣。戚茉的脾氣也很大，只是不常發作，平常都很和順待人，有時冷淡也不會使人覺得難親近。別人總說她對不關心的事物很冷漠、甚至有些沒心沒肺，但是湯沂覺得，戚茉才是真正心狠的人。她只要一狠，可能連席媛澄都要退避三舍。這樣的戚茉，她是勸不了的。

昔日的好學生，連續翹課，也不交作業，該怎麼辦呢？湯沂把書翻過一頁，畫線。

那就當戚茉死了。

她們不再是朋友了。

「今天戚茉又來了？來了又翹課？」老師看著她座位上的書包皺眉，「這孩子實在是。」

湯沂聽了也皺眉，難道她不該來？

「席媛澄也翹課了？」老師這次反而不太訝異，「算了，上課。」

這時的席媛澄正在校園裡閒逛，嘴裡嚼著口香糖，東張西望。她其實是想看看好學生戚茉會躲在哪，從沒翹過課的人不會就只會待在樓梯間等教官去抓她吧？席媛澄暗笑。

但是等她幾乎走過整遍校園，卻一點戚茉的影子也沒有。

學校的牆很高，翻不過去的，她還會在哪？

戚茉站在頂樓上，看著在操場上晃蕩的席媛澄，再看著遠遠朝著她走去的教官，看來又是一次自述書了，戚茉心想。她背過身，把手裡厚厚一疊課本和參考書毫不猶豫地丟進廢棄的鐵桶中，紙張被火光吞噬，漸漸焦黑，燒成灰燼。她又從地上拿起了一疊往裡頭扔，動作卻有些凝滯。

「我們希望妳能好好把大學唸完，錢都不是問題。現在的情況，沒有大學畢業不行。」

「我們戚茉這麼聰明，一定可以的。」

一陣風吹過，翻起書頁，密密麻麻的筆記寫滿空白處，夾著的考卷都是極高的分數，「我們戚茉，一定可以的……」她呢喃著，心裡一緊，轉瞬卻嘲諷般地一笑，還是把手上的東西扔進去。

「都已經死了，也管不著了，」盯著旺盛的火焰在鐵桶裡燒得放肆，她不自覺地握緊拳頭又鬆開，「拜託安靜點吧。」

二

「有人說趕著補習，我們就只好上到這了。」數學老師的嘲諷語氣大家都聽得出來，也習以為常，「你們就要大考了，不要鬆懈，不要仗著自己頭腦好就不念書也不上課，懶散成什麼樣子。」她又冷漠地留下這句話，頭也不回地走出教室。

「就算是高三也要準時下課啊，難不成要讓我們上到半夜嗎？」一個女生忍不住抱怨。

「要不是學校有時間管制、家長會說話，我想，能上到半夜她一定不會放人的。」

「有差嗎？我等等還要補數學到十點多，煩。」

「我們補習班假日還要加課！」

「我也是啊。」

一群學生邊收拾書包邊抱怨補習生活，湯沂默默聽著，收著自己的書包，聽見旁邊的人話鋒一轉，「不像有些人，還能這樣到處溜躂，真是好命。」

「人家頭腦好，妳忌妒啊？」

湯沂往她們看的方向瞥去，是整天不見蹤影的戚茉回來了，拿了東西準備要走，那兩個女生講話音量也不收斂，戚茉自然聽得見，她冷冷地瞥了她們一眼，事不關己地離開。她們忽然噤了聲、訕訕地低下頭整理書包。湯沂也看見了，她匆匆一瞥中透露著的寒氣。

那是以前的戚茉從沒有過的神情。

湯沂才剛揹著書包走出教室，手機就剛剛好響起來。

「小沂，下課了吧？」

「嗯。」

「好，妳到圖書館時傳個簡訊給我，媽媽會算時間，不要偷跑出去哪裡偷懶了，知道嗎？」

「不會。」

「晚餐要記得吃，多看點書。小心。」

「好。」掛了電話後，湯沂面無表情地出了校門，又若有所思地回頭看看，看著一個個出校門的學生們臉上的表情，又轉回去往捷運站的方向走。

他們，和自己一樣，都面無表情、一臉疲倦——

疲倦？湯沂握了握手中的手機，搖搖頭。

都已經高三了，要大考了。她在心裡默唸。

「都已經高三了，要大考了。媽媽我只接受第一志願，記得。花這麼多錢在妳身上，妳總要給我們一點成果。」

她閉了閉眼睛，又默唸了一次。已經高三了，要大考了。湯沂，要記得。

／

「戚茉快，今天星期五，人比較多。」在她踏進門的同時，老闆娘就對她喊道，「辛苦了。」

她點點頭，進了員工休息室，拿出自己的制服。這時，于萱也進來跟戚茉打招呼，「今天可能會有些累，妳負責吧台吧。」她微笑，「吧台比較輕鬆，妳還是學生，而且是高三，念書很辛苦的，點餐送餐就讓我來吧。」

「工作都已經說好了。」

「戚茉，吧台的工作妳也要學的，就當今天是練習，嗯？」于萱並沒有因為戚茉的冷淡而感到不適，而是把她當作妹妹一般地同她說話。

「……嗯。」

「那趕緊換完衣服出來吧。」說完，她就趕緊回去投入工作。其實，沒有因為戚茉的冷淡而感到不適，不是只有于萱，而是整個咖啡館的人。她所打工的這個咖啡館，在小巷子裡，離她家不遠，小卻常常客滿，不論員工還是客人，大家說好似的，都沒有人對戚茉的面無表情有過非議，老闆娘反而待她很親切，偶有新顧客對戚茉不滿，也是老闆娘上前安撫。

而戚茉本身也不讓人閒話，除去面無表情這一項，其他什麼事都做得很好。

她出來的時候，吧台上的人只有一兩個，確實還不算忙碌。暫時頂著吧台工作的程墨朝戚茉招招手，要她過去。一貫清冷的聲音和他的人一樣，「于萱說妳今天負責吧台。妳應該學得很快。」她點點頭，沒有多說話。程墨簡潔扼要地開始操作，把該做的都做一次給她看，東西不多，就只是咖啡的分類複雜一些。戚茉記得很專注。程墨知道她腦子好，也不擔心，示範結束後也只是叮嚀一句：「很快就會上手了，快些熟練，動作不要太慢。」

看見走進廚房幫忙的程墨，于萱有些訝異，「教好了？這麼快？」

「她很聰明。」端走她手上的兩個餐，瞄了一眼單子，就走出廚房，還落下一句，「妳要多學學。」莫名其妙被唸的于萱眨了眨眼緩過神，還來不及回嘴，外場的一個女孩子就喊了問，「萱萱姊，三桌的餐好了沒有？」

「好了，我拿去！」

「你好，要點什麼？」戚茉低著頭擦杯子，問著剛落座的一個男人。男人戴著黑色鴨舌帽，帽簷壓得很低，只能勉強看得見他的下巴。他漫不經心地拿出一包菸，戚茉頭也沒抬，「不好意思，本店禁菸。」他也沒理她，逕自抽出一根，卻沒點燃，只是夾在手指間，嗅了嗅，低沉的聲音透著慵懶，「我知道。」

她轉過身將杯子放到架上，再轉回來，終於抬頭看向他，冷淡的音調，「喝什麼？」

「黑咖啡。」她轉過身開始動作。

夜晚的咖啡館裡是安靜的，縱有交談也是小聲的，只有輕柔的鋼琴聲流淌過整個店裡。

被男人放在桌上的手機安靜地亮起，他看了眼，拿到耳邊接聽，還沒開口那人就先搶一步，「我都不懂你到底想要什麼了。」

「我也不懂你打這通電話過來告訴我這句話要做什麼。」

「言玄肆，」他的口吻嚴肅，「你夠了，玩完就給我回來。」

「沒玩完。」

那頭沉默，他聽得見他正努力調整他的呼吸，他也不逼他，安靜地待著。些許時間後才又出聲，「你的人生已經不是你的人生了，明白這一點。」他默了會兒，而後勾起嘴角，「都已經不是我的了，要我明白什麼？」

「你剩下多少時間你自己清楚，之前的遭遇你也一定不會忘，不要想再重來一次，玄肆，你擔不起。」言似清的聲音冷了幾分，「我不逼你，也會有別人逼你，那我情願是我來。」

言玄肆聽見眼前的人敲了下桌面才回神，「你要我回去的、那些人死命都要進去的地方，可能對他們來說無比華貴，堪稱天堂。但是，」他笑了笑，滿是寒意，「Heaven did not seem to be my home; and I broke my heart with weeping to come back to earth. 再會了，親愛的哥哥。」他掛上電話，發現眼前這小女孩正看著他。他也不在意，喝了一口咖啡，依舊漫不經心，「溫了。」戚茉的目光仍在他身上，「自己電話打太久，本店不負責。」

言玄肆把頭抬高，看清楚了眼前的人，戚茉也終於能看見他的臉，「我剛剛說的話，聽見了？」

「《咆哮山莊》。」

「是。」他拿起溫了的咖啡一口灌下，然後直直地看向戚茉的眼睛，兩雙寒冷的眼睛視線交錯，是他先微笑，「小女孩，祝妳幸運，不要找到天堂，而是找到妳的人間。記得，千萬，不要相信幸福。」

言玄肆把錢放在桌上，起身，走出咖啡館。

戚茉默了幾秒，將錢收好。

腦子裡始終是他說的那句英文對白，還有他告訴她的話。

Heaven did not seem to be my home; and I broke my heart with weeping to come back to earth.

——天堂並非我的歸宿，在流淚與心碎之後，我將重回我的人間。

千萬，不要相信幸福。

三

打開門，父親看了她一眼，便把電視關上，「吃過飯了沒？」湯沂點點頭。母親正好從廚房出來，「先去洗澡，看點書再去睡覺。明天補習班早上八點要加課，已經打電話來說過了。」

她「嗯」了一聲，沒什麼表情地往房間走。

很快地洗好澡出來，湯沂坐在書桌前把一本又一本的參考書拿出來放在一邊，選了一本放到面前攤開。她連頭髮也沒吹乾，任由它滴著水，即使背因為水滴而感到不舒服，她還是沒打算理會，沒看完就不能睡覺，哪裡有時間弄頭髮。

房門外已經什麼聲音也沒有了。只要她在家的時間，家裡就會很安靜，連電視也不會打開，給她一個完全安靜的空間好好讀書。

湯沂總是想，這個家，就像是死了一樣。

／

晚上十點多，咖啡館打烊。員工們都坐在座位上休息，老闆娘拿著一塊巧克力蛋糕放到戚茉面前，對她笑笑，「百分之八十二的純度，不太甜的。」她搖頭拒絕。「妳連晚餐也沒有吃，」她坐上一邊的吧台椅上，「連午餐也沒有吃吧？」

「妳就吃吧，反正這蛋糕也不能放到隔天。」程墨開口，結果肩膀就被坐在一旁的于萱打了一下，「講這什麼話，明明就是在關心人。」

戚茉沒說話，只是拿起湯匙安靜地吃。想起當初來這間咖啡館應徵的場景。

「高三了，怎麼會想打工？」老闆娘那時如此問。

「我一個人生活，沒有其他辦法。」那時老闆娘沒再多問，知道她家就在附近，也就答應她，只說了，「戚茉，妳一個人生活，但是來到這間咖啡館的時候，我希望妳不要活得只有一個人。這是工作條件。我不求妳要面帶微笑，只求工作盡心盡力，在這裡待人真誠。」

她就算心再冷淡、表情再寒，她也懂這就是他們對她的關心和諒解，但也只能僅止於此，她不能再承受更多。

戚茉回到家，玄關的燈自動亮起，她走進黑著的客廳，也沒去開燈，沒幾秒，玄關的燈也暗下，她被罩在裡頭，忽然地雙腳一軟、癱坐在地上。心裡一陣緊，她深呼吸著維持自己的穩定，努力地把眼眶的酸澀忍著。她在黑暗中顫斜，死死地咬緊牙關，守在崩潰的邊緣。

不准哭。她在心裡不斷默唸這三個字，直到自己真的冷靜下來，才起身走去房裡，讓自己倒在床上，不敢開燈，只敢閉著眼睛，又再一次地倒數夜晚。

「我們也不是有錢人，要供妳念書的話，希望是讓妳念有出路的。讀商的現在風險也很大。我跟妳嬸嬸討論過了，一是考軍校、二是外交官。知道妳頭腦好，應該不難。」

「如果我不要呢？」

「那讀書的事，妳自己想辦法。我們也就不要再互相裝客氣，我們是盡了家人的義務照顧妳，供妳唸大學也算不錯了，我們自己也有兩個孩子，難道隨妳高興唸個沒出路的，還要我們資助妳、養妳嗎？」

「……不必了，我已經十八歲了，會安靜地活到二十歲，不需要你們勉強負什麼監護人的責任，二十歲之後，更不需要。錢我也不要，不麻煩你們。」

「話是妳說的，到時候不要來推託我們。」

「不用擔心，我跟你們沒有半點關係，也當作不認識。」

戚茉緩緩睜開眼，外頭開始下雨。

雨聲清楚地傳進她耳裡，不知怎地讓耳朵有些麻木，她從窗面上看見了自己渙散的眼神，忽然覺得陌生。她轉過身避開窗，卻避不過雨聲。

她總想著，那一場車禍，她應該要在的。這十幾天裡，她不斷地這麼想著。那一場車禍，應該也要帶她一起走的，為什麼她留在家裡了呢？為什麼沒有同他們一起？

只留下她一個，不如不留。

那場夢不斷循環，在她日復一日的睡眠中，把她帶回永無止盡的痛苦中，醒不過來。

夢不是避難所，只是另一個折磨。

她又閉上了眼睛，祈禱能睡過去，祈禱夢不再降臨。

雖然，祈禱總是無用。

／

凌晨兩點四十三分，並不是所有人都沉睡著。湯沂蜷縮著身體，身上只披了件薄毛毯，手中的筆仍在寫寫劃劃，書頁上滿是紅筆混亂的痕跡，讓她越寫越心煩。她打了個噴嚏，默默放下筆，頭緩緩地趴在桌上，眼睛執著地不肯閉上，卻再無力氣翻頁。

再一下子就好，趴著一下就好，等等就會起來了……

她卻這樣睡了過去。

直到手機的鬧鐘響起，自己才猛然驚醒，雙眼盡是恐慌。

「書沒看完對嗎？」身旁冷冷地聲音是她的母親，「小沂，當日事當日畢，我不是這樣教妳的嗎？就算累了，也要把事情做完才好休息不是嗎？」湯沂沒有看她，也什麼話都沒有說，從小她就明白，回話會被當做頂嘴，只會招來更多的不被諒解，只能乖巧地回答，「不會有下次了。」

「妳很優秀的，媽媽相信妳。去洗漱，準備去補習班。」

當母親離開她的房間，湯沂不由自主地發抖，手放在書頁上狠狠一抓，紙張在她手心裡皺成一團，滿是紅色墨水的筆跡似乎就在她眼裡渲染開來，刺痛地提醒著她，這些都是她的錯誤。

而她被母親看見了這些錯誤。

被看見了。

她收起早已凍僵的手，拍了拍自己的臉頰，開始收拾桌面，恢復了以往的鎮定和冷淡，和剛剛發抖的她判若兩人。

她撕下那頁題目，扔進垃圾桶，離開房間去刷牙洗臉，準備出門。卻一刻也沒看見鏡子裡的自己，面色蒼白、神情黯淡，如魁儡一般，沒有靈魂。

四

隔周的星期一，「啊，抱歉，戚茉同學，我不小心撞到妳的桌子了。」席媛澄毫無歉意的臉上還帶了點得瑟的笑。戚茉才剛從廁所回到教室，就看見自己的桌子倒在地上，抽屜裡的書本散落在地上，一旁承認作為的人就是席媛澄。

她道歉完後，又跨了一步，踩在了她的書上，用著滿是輕佻的語氣，「噢，我又不小心踩到了，真的很抱歉啊。」教室裡的人都安靜地看著這一場鬧劇。這是席媛澄第一次如此明目張膽地和戚茉槓上，而戚茉這幾天的突變也讓人沒法猜想她的反應。湯沂照例冷淡地寫著她的講義，連頭也沒抬，漠不關心。

戚茉盯著她看了些許時間，席媛澄的笑容越來越張狂，一旁的人看得有些發毛，因為戚茉當真是一點表情也沒有，就只是雙手插著外套口袋，一動也不動地看著席媛澄。沒多久，湯沂因為太過安靜，所以才抬頭看看情況，正好看見戚茉終於有了動作。

她看見戚茉勾起嘴角，笑得比席媛澄還要不可一世，視線掃過地上的書本又回到席媛澄臉上，然後走到她面前，伸手就扣住她的下巴、順帶捏住了她的臉頰，用身高的優勢睨著她，用著冷淡的聲音慢慢說道，「妳說，很抱歉，是吧？」

從沒想過會被這樣對待的席媛澄還看不清戚茉的狠意，還在逞凶鬥狠，「戚茉，妳找死啊，敢碰我——」她的手加大力道，席媛澄的聲音瞬間沒了，戚茉還笑著，壓低了聲音向她耳語，「嗯？妳說什麼？能不能再說一次？」她輕笑出聲，「勸妳不要再動了，無論是動口還是動手。因為我也不知道自己接下來會做出什麼事。反正，找死，這也可以是我的選項之一，就怕妳不敢。」

眼前的戚茉明明在笑，眼神卻充滿寒意，下巴和臉頰的疼痛不斷增加，席媛澄眼前有些發黑。

戚茉鬆開她，臉上的笑也褪去，手放回口袋裡，面無表情地踢了踢自己的桌子，漫不經心地說，「就為了這個。要小心代價。希望下次，妳能有更成熟的方式，不要耍小孩子的技巧。」她拿起一邊沒有遭殃的書包，看了她一眼，微笑，「這些東西我都不要了，請妳回復原狀吧，要丟掉也是可以，但是，」她挑起眉，「任意毀壞或是丟棄學校公用物品，就不知道是幾張自述書還有幾小時的改過銷過了。記得，不要想賴在我身上，這些證人，也不可能全乖乖地聽妳的話，對吧？」她環視了教室一圈，大家都閃避她的眼神，最後她和湯沂對上眼，兩個人都沒有移開視線，戚茉的表情早已經恢復成那副冷淡的樣子，甚至更令人寒慄，她字字緩慢而語帶諷刺，「祝妳有個愉快的一天，席媛澄同學。」

她轉身離開教室。教室裡的人都有些僵硬，大氣不敢出，席媛澄更是兩手握拳，卻什麼話也不敢衝著戚茉的背影喊去。

這樣的戚茉，他們第一次看到。和他們同班將近兩年的人，前幾個禮拜還親近待人，突然地不再說話、不再搭理人，身上盡是寒氣，直到今天反將席媛澄一軍，一舉一動都讓人不寒而慄。他們從沒想過，會有這樣的轉變。

「或許是對席媛澄這麼久以來的撩撥產生的爆發？她活該被掐吧她。」有人輕聲地向旁邊的人說道，瞬間收到席媛澄的瞪視，沒敢再有聲音。席媛澄彎下身把桌子扶起，擺好，地上的書理都不理，人就往教室外跑。

湯沂冷冷地瞥了她一眼，低頭做題。

對席媛澄這麼久以來的撩撥產生的爆發？她知道這不是完全的原因。戚茉向來是不搭理席媛澄的，這次的狠，只怕沒那麼簡單。

湯沂感到一陣暈，搖了搖頭，只覺得身體越來越冷。

／

「很好，再來，再多笑一點，對。」閃光燈不斷，現場因為許多燈同時照著一處，雖然是冬天但也充斥熱氣。攝影師的快門沒停過，一下又一下地按著，捕捉眼前人的每個表情和動作，他的汗從臉龐滴下，旁邊的工作人員也因為協助拍攝東奔西跑，每個人都感受不到冬天的寒冷，只有被拍攝的女子穿著冬裝，卻一滴汗也沒有流，狀態良好地擺出表情。

「好，可以了。」攝影師易源溟放下相機，臉上滿是笑容，「柳藝今天的狀態很好。」

柳藝聞言笑了笑，脫下最外面的外套，「已經不是當初的小ㄚ頭了，哪還能讓您笑話。」

「行了，現在能拍妳一次畫報，報酬多高啊，小ㄚ頭紅了，我可是不敢擔當妳的這聲您。」

「好歹您也是業界有名的攝影師，就不讓人拱？」柳藝輕咳一聲，「開開玩笑，易老師別當真。」易源溟也笑，意味深長地點頭，「沒事。這裡最需要的就是要會開玩笑，也要開得起玩笑。」

一旁的助理葉葉趕緊遞上熱茶，她喝了一口，賠笑道，「易老師不好意思啊，有點小感冒。」

「等等男角來了，先拍他的，再拍你們倆一起的，先休息吧。」

柳藝點頭，直往自己的座位坐下。

這次的畫報應著Deus新一季的雜誌主題，由自家公司兩個當紅的男女模特來拍攝宣傳畫報。Deus，只要提到國內的時尚界，這間公司絕對是頂尖之一，在國際也享有一的知名度。公司方向大至參與國際伸展台、全球時尚雜誌的推行，小至網拍模特也有他們的市場。衣服飾品的品牌設計、經營網路服飾店、屬於自己的伸展台展示等等，Deus，不只是一個公司名稱、品牌，它是一個時尚體的代名詞。

而柳藝，是當今Deus旗下的新晉女首席。

「狀態不錯，繼續保持。」經紀人許靜來到她身邊，一貫的嚴肅表情。柳藝微笑，「謝謝許姊。」

許靜手下不是只有柳藝一個模特要帶，但是，公司大，紅的人也不少，許靜經驗多，帶的總是最紅的人。柳藝自己明白，幾年前，她還眼巴巴地看著這個位子，現在爬上來了，還沒坐穩呢，得學著前人的教訓，小心謹慎。

「許姊，首席來啦。比上次好，這次只遲到了半小時呢。」葉葉趕緊跑來通報消息，還怕許靜不高興，補了後面那句。

「嗯。」懶得罵人了，她應了一聲就往攝影棚門口接人。

柳藝斂下眼喝茶，視線卻不由自主地往門口飄去。那人比她入行早，紅得比她還久，傳聞很多，多半是醜聞，但這些都不是柳藝關心的。雖然她只跟他接觸過一、兩次，卻也可以清楚看出那人的個性，玩世不恭、輕佻傲慢，只由著性子行事，公司拿各種行程威脅他、他不在意，拿一個模特最重要的前途威脅他、他更不在意。他的名氣越來越旺，再多傳聞，都比不過他的一張臉。

柳藝知道，自己需要他的這份關係。無論什麼關係。只要他能在事業上照顧自己。況且他們都是同一個經紀人帶的模特，更容易些，不是嗎。

她紅唇一勾，從座位上站起身，款款走向他，竭盡所能地擺出自信和優雅，站到他面前，她的眼裡漸漸堆滿笑意，旁邊的人看著她都有些著迷。柳藝伸出手，「前輩你好，我是柳藝。我們之前見過幾次。」

他的墨鏡幾乎遮住他半邊臉，聽見人前來問候，沒有笑容，也沒有握上她伸出來的手，只是看了看身邊的許靜和助理，「噢，見過幾次？」

柳藝的手隱約僵了僵，卻仍表現得坦然自若地，伸著不動，笑容更盛。

兩邊沉默著，許靜看著自己兩個模特的對峙並沒有想說話的打算，倒是葉葉怕尷尬，急了，「玄肆哥，她是等等要跟你一起拍畫報的女角，也是新的女首席。」又安靜了幾秒，言玄肆什麼也沒表示，閃過他面前的這個人，往棚裡走去。許靜看了看柳藝，又瞅了瞅葉葉，最後朝葉葉說了句，「多嘴。」也往棚裡走，去找監製商量事情。

柳藝在原地一動也不動，看著自己厚著臉皮伸出去的那隻手，自嘲地笑笑，當作什麼事也沒有，回了座位。易源溟將整件事看得很清楚，此刻也看見柳藝臉上的戾氣，像是對著言玄肆、又像是對著她自己。

已經不是當初的小女孩了。即使剛入行有多單純，打滾多年備嘗辛苦，人心又如何不改變？他拍過形形色色的人，和多少藝人明星打過交道，看見過多少笑裡藏的那把刀，他又哪裡會看不見柳藝的那把刀。這個時時笑著的女孩，從小模特笑到現在成為Deus的首席平面模特，時間的磨練，早已利了刀鋒，藏在了她精緻的笑容裡。

這時，感受到視線的柳藝朝他看了過來，然後，默默地微笑了。

像是在告訴他：

沒事，這裡最需要的就是要會開玩笑，也要開得起玩笑，是吧。

五

言玄肆拍攝的步調比柳藝還要快速，在易源溟接連的「好，換」的示意之下，完成了他的個人部分。柳藝全程都在遠處看著，她在學，縱使這人剛剛對她視若無睹，她也不得不承認，他真的很適合鏡頭。每個表情、每個動作，都很到位，連平常在他臉上難以見到的那種燦爛笑容，都可以在拍攝時表現得恰到好處。

一個人能夠驕傲，是源自於自己的底氣夠足。言玄肆的驕傲，讓人詬病、卻也拿他沒辦法，因為他夠厲害，他能拍出堪稱完美的作品，這就是他的底氣。

「柳藝姊姊，等等就要拍兩個人的部分了，先準備吧。」葉葉過來接過她的水杯和外套，隨她到更衣室去。等她換好衣服走進化妝間，言玄肆已經在上妝。

「柳藝也好了，現在跟你們說一下細節。」雜誌部主編坐在言玄肆旁邊，易源溟也在一旁。柳藝坐上位子，讓化妝師開始上妝，邊聽組長說話。

「雖然你們在拍個人部分的時候大概都明白主題了，也表現得很好。但我就是囉嗦再提個幾句，這次的概念比較簡單明瞭，今年冬天太冷了，是該適時添點暖意。我們不要冷冰冰的表情、不要冷冰冰的時尚。要有點愛，知道嗎？」這後半句是對著言玄肆說的。

「擔心？」他看著鏡子裡的自己，問著主編。

「是要你別嚇著柳藝。」她跟他認識幾年，也能輕鬆幾句，「你這臉有時也會讓人吃不消啊。」

「那，這臉就不要了？」他聲音低了幾分，有著些許認真，讓正在收尾的化妝師有些心驚，她可是目睹過這位男首席的「認真」，不敢再經歷一次。而在場的其他人都裝作沒聽到，連實質上第一次見面的柳藝也沒有什麼反應。主編嘆了口氣，「對不起啊，許姊，他還是交給妳了。」

許靜無視言玄肆的挑釁，只看著他說，「臉好好養著。」

開始拍攝後，柳藝還有點放不開，言玄肆便已一把她扯近，抱住她的腰，她整個人靠在了他的胸膛，她面帶慌張地抬頭看他，卻見他依舊冷著一張臉，「開拍就進入狀況，不要浪費我的時間。」

易源溟拿著相機等著，皺了眉，「姿勢不錯，表情呢？」

柳藝壓下不知所措的心緒，勉強露出個笑容，視線裡只有他的臉，她只見他原本冷漠無情的面容漸漸染上柔情，滿是笑意的雙眼正看著自己，專注而深情。這一瞬間，快門聲快速響起，她卻有些陷進了他的眼睛，心跳正漸漸加速。言玄肆笑得更深了，抱著她腰的手緊了緊，另一隻手抬起她的下巴，他的氣息繞著她，柳藝對於他接下來的舉動似是明白、又有些懷疑，還未來得及想清楚，他的臉便越來越近，他的鼻子碰上了她的，他隨即定格，又是一陣快門聲。

言玄肆在主導她。

他不等她做反應，他直接引導她做反應。她所累積的世故和鎮定在他面前毫無用武之地。但他要的、她的臉紅心跳，終不是為情，只為了一張張完好的作品。當最後一個姿勢拍攝完畢，言玄肆立刻放開她，走到易源溟那查看畫面，又是那副寒冷薄情的樣子。

柳藝有些不高興。自己居然像個小女孩一樣被人撩撥心神，連畫報都拍不好了。但看在其他工作人員眼裡，以為柳藝也是有意為之，一個個都稱讚她。葉葉興高采烈地跑過來，給了她水，「畫面太漂亮了！姊姊快去看。」她扯了扯嘴角，「嗯。」

當她走近時，聽見了：「柳藝的表情不錯，很到位，只是僵硬了點，不過是小事。」易源溟說。她看著顯示螢幕上一張張的相片，易源溟定了幾張他覺得好的，柳藝看著，覺得畫面真的很好看，才發覺原來自己的表情也能這麼投入、完美，這幾年拍了無數張照片，都比不上今天。

一個人能夠驕傲，是源自於自己的底氣夠足。

言玄肆，神祕如霧、喜怒變化如謎，卻專業。任何事，都不會讓他失了專業。

縱被怠慢、被無視，這樣的人，連野心勃勃、自尊為重如柳藝，都會佩服。

／

湯沂是醒過來的。

她被自己嚇一跳。明明就在學校，怎麼會睡著呢？周遭的同學們都不在，面前只坐了個戚茉，正側身望著窗外，聽見動靜就看向她，「醒了？放學很久了。」

她皺眉，「放學？」戚茉撥了撥頭髮，「我問了他們，他們說妳上數學課時就趴著了。這群人看妳上課睡著了沒敢叫，放學了也就直接走了。」

湯沂不敢相信自己居然會睡覺，看書的時間多寶貴，她拿來睡覺？

「妳發燒了。」她語氣稀鬆平常地說，「估計現在也還沒退。」

湯沂不說話，只覺得這樣的戚茉，除了沒有笑容以外，好像又是原來的戚茉。

「湯沂，休息吧。」她默默地說，視線還是往窗外看去，似是望遠、又似是若有所思。她笑了聲，眼淚卻已滾滾落下，她想鎮定地擦去，卻潰堤不止。

都是一起走過來的，戚茉怎麼會不知道湯沂的處境和壓力，她追求優秀和完美，是因為她自我要求高、更是因為她的父母對她的要求高。從前戚茉讀書，是因為父母的期許，雖不要求最好、但本分要盡，縱使戚茉不喜歡這些制度，她也從未叛逆。那個時候，兩個女孩，同樣聰明，互相扶持，戚茉沒有名次壓力，比較快活，卻還是能跟湯沂競爭。然而湯沂大多是一、她大多是二。因為她知道湯沂媽媽想要湯沂第一名，不是第一名、湯沂不好過。

但現在，戚茉已經沒有讀書的必要，湯沂再不需要跟人爭第一，但她的父母也不要她拿第一，他們要她更好、更好。

所以戚茉墜落了，而湯沂，還死死地吊在懸崖上。

今天放學時間，她回到教室看見湯沂趴在桌面上，身邊沒有一個人關心她，各走各的，她無法視若不見，就走近她。大抵大家對她早上的行為還有後怕，看著她盯著湯沂，又看向他們，他們趕緊把事情說了一遍就跑。戚茉知道，沒什麼事她是不會輕易睡著的。她碰了碰她的額頭，溫度很高。她嘆了口氣，應該送去保健室的，但是不能叫醒，叫醒了她就趕著念書，她需要休息。於是她給她披了外套，然後坐在她前面的位子上，安靜地等待。

她想著從前，看著湯沂一步一步被消磨，就要倒塌。

她忽然不知道，她們以後該往何處去。

此刻，戚茉不去看她的眼淚和脆弱。只是安靜。湯沂也沒看她，滿眼淚水，也滿眼倔強。

「戚茉，妳這樣，過得好嗎？」

「那妳呢？」

兩個人都沉默。

六

手機鈴聲劃破沉默，湯沂身體一顫，手伸進抽屜，拿出手機，螢幕上正是她最害怕的人。她接起，話都還沒說出口，母親的聲音就傳來，「小沂，妳在哪？」

「在學校。」她保持冷靜，「我找了老師問問題，問到剛剛，現在才回到教室。忘了打電話。」

「是嗎？」

「嗯。等等就會到圖書館去了。」

「……好。」她的聲音沒有起伏，「小沂，妳不要讓我失望。」

湯沂說謊說得有點心虛，心臟跳得很快，聲音卻沒有破綻，「不會。」

掛上電話後，她開始收拾書包，手卻在顫抖著。戚茉看了她一眼，從椅子上站起身，也不打招呼，書包還扔在位子上，人轉身就要走。

「戚茉。」

「幹什麼？」她的聲音沒有了剛剛的和氣，完全是冷淡的、有些不耐。湯沂不明白她突如其來的轉變，她原本以為她們有機會可以變回從前，可是戚茉卻又不是她了。她這樣的態度讓她有些受傷，收了剛剛的語氣，只道句，「再見。」戚茉沒有轉回來看她，只是輕笑，「妳就這樣活吧。」

這聲笑，有生氣、有輕蔑。

「妳的身體妳不要那就算了，妳要哄妳媽開心那就算了，妳想當十全十美的天才那也就算了。只是，妳剛剛發抖的樣子，不要再讓我看到。要過這樣的生活，就不要想展示脆弱給別人看，除非妳、真心誠意地想要放棄這些。承受放棄的代價，然後重新來過。湯沂，到那時候，妳才為自己活。」她說得很輕，甚至有些溫柔，「不然，妳都是活該。」

縱使我懂妳，妳也不能從我這得到任何慰藉。因為妳始終沒有離開那個折磨，妳不願鬆手，我也帶不走妳，妳只有依靠自己的雙足，才能夠走往解脫。

這時，戚茉的手機響起，她看一眼，直接把 SIM 卡抽出來，扳成兩半，丟進垃圾桶，再把手機放回口袋。湯沂看著她的動作，皺起眉。可戚茉看都沒看她一眼，人就離開教室。

／

言似清開完會，回到辦公室，才剛剛坐下，內線電話就進來了。

「叔叔。」

「跟玄肆說了嗎？」

「說過了。」

「那好。那就不怪在我們身上了。」

言似清笑了聲，「……全怪在我們身上。」

「你——」電話那頭的男人頓住，「說這什麼話？」

「難道不是嗎？」他轉身面向座位後的落地窗，眺望都市的風景，「難道不是你們，喜歡逼著別人聽你們的安排，別人不聽、就霸道得毀掉別人？連帶我都做了共犯。難道玄肆，也活該嗎？」

電話那頭默了許久，他也不掛斷，等待著回音，許久，低沉的嗓音帶著濃濃的嘲諷，「言似清，乖乖當好你的總經理就行，當個好哥哥、就不必了。」

電話被切斷。言似清就這麼坐著，想起了小時候的玄肆和自己。

「哥，你一輩子就這樣乖乖的嗎？乖乖吃飯、乖乖念書，不讓打球就不打球、要你學琴你就學琴？」

「不然呢？」

「想做的事呢？」

「玄肆，別想著那些。」

「……哥，我不姓言行不行啊？」

「恐怕不行，你今天擁有的這些，都是因為你姓言。」

包括你到今天所承受的這些，都是因為你姓言。

言似清忽然心疼起那時候的言玄肆，用著年少的理直氣壯問他能不能不姓言，他否決他，告訴他：得到這些是你的命，是必然的。

所以失去那些也是命，也是必然的。
他從沒忘過，自己曾羨慕過言玄肆身上的光芒，那是希望和夢想，也是他不被許可擁有的東西。那時候也同是少年的言似清還不清楚家族的力量，如果他清楚，如果他知道他會親眼目睹那道光芒被毀損殆盡，他就算犧牲自己、也要讓言玄肆逃開。
「總經理，言董事派人來說，是不是要抽出點Deus那邊的資金？」門外的助理敲了門進來。

「難道不是你們，喜歡逼著別人聽你們的安排，別人不聽、就霸道得毀掉別人？」

「……告訴董事，不用抽，不勞他費心。我會照他原本的意思做。」
「好的。」助理退了出去。
言似清默了默，拿起了手機撥了一個號碼，「是我。言玄肆的合約快到期了，可以再續約兩年，這是上面的意思。千萬，要讓他越成功越好。」那人輕哂，「我不懂了，你們要控制他，為什麼還要讓他成功？一敗塗地、斷了希望，不就好了？」
「……讓他從高處摔下來，才不容易有存活的機會，」言似清輕嘆，「心，也是一樣的。」
玄肆，這樣的地方，確實不是天堂。
它只是無比華貴，令人瞎了眼睛的地獄。
情願是我成為自己口中那個霸道的人，情願是我逼你到牆角，心想，這樣或許我，還能有一絲希望，護你周全。

「妳上次說想要代言的那個香水品牌，公司已經在談了。」許靜坐在副駕駛座上，看著平板上的行程安排。柳藝乖巧地回應了一聲，隨即淡笑，「許姊有事要說？」

「妳現在要顧的不是事業，是形象。」她也不拐彎，直白地道出心中的想法，「對裡對外，都不要落把柄比較好。如果專長是笑，那就好好發揮專長，不要貪圖別的。」

開著車的葉葉聽見這番話，雖有些不懂卻一聲也不敢吭。而柳藝是一聽就明白，也沒有表現出不高興，只是照舊看著窗外，和和氣氣地，「明白。許姊看著我一路走來，這番提醒，定是對我好的。柳藝，會好好記得。」她話鋒一轉，「怎麼最近許姊不跟著玄肆前輩了？」

許靜沒有回應，柳藝也沒有緊追不放，只是微笑，「打開電台吧。」

葉葉趕緊打開電台，轉到古典音樂的頻道。

樂音驅散了沉默。

很多事情，大家都是心知肚明。譬如許靜瞞著的心思、譬如柳藝藏著的驕傲、蠢蠢欲動。都在一語一笑中，輾轉散在空氣裡，嚙咬著皮膚，細細地疼、不太容易忽視，就像那些假意，時時掩蓋著真心，久而久之，在這個世界的戲演久了、不會分辨了，只好草木皆兵。

柳藝下意識咬著嘴唇，神情裡的笑意早已替換成淡漠。

「你剩下多少時間你自己清楚，之前的遭遇你也一定不會忘，不要想再重來一次，玄肆，你擔不起。」

他坐在車裡，看著身邊的景色飛快閃過，像是他的生命，來不及留下些什麼，便已被錯過。

「How anyone could ever imagine unquiet slumbers for the sleepers in that quiet earth ?」

「嗯？玄肆哥你說什麼？」小助理正開著車，側頭問。

他沒說話，而是忽然想起在咖啡館聽懂他說的那句對白的女孩。

他並不是會隨便和人說話的個性，也不是願意記住別人的性格，但那個女孩卻這樣讓他想起來，是因為她那雙相似哀冷的眼睛、還是因為她聽懂了那句對白？

就像是她聽懂了他一樣、那樣的錯覺。

／

每個人都有一場醒不過來的夢。

每個人都有一個地獄。

在其中輾轉反側、求死不得，

一步一步帶著胸中尚未流盡、尚未乾涸的血，重回自己的人間。

第二話　初入繁華

一

戚茉剛剛到咖啡館的時候，店裡還沒有很多人，員工們並不忙碌。于萱看到她就趕忙把她拉進員工休息室，程墨和老闆娘都在裡頭。

「老闆娘，戚茉來了。」于萱笑嘻嘻地說。戚茉一聽她這語氣眉就忍不住皺起，「不好的預感。」程墨點頭，評點了一句，「聰明。」

她想把手臂從于萱手裡抽走，可對方緊抓著，「先別拒絕嘛。老闆娘也說好的。」

「沒有要做什麼，就是于萱要去個地方面試，想說找妳陪她去。」

「妳一個學生放學就打工，太悶了，我帶妳去透透氣。」于萱微笑，「老闆娘不算妳翹班，薪水也給妳算呢，很值得呀。而且那邊有人是我們的熟客，今天幫他們公司叫了外送咖啡，我也順便送去，妳就當跟我去外送？」

「去外送，工作嘛。」老闆娘又推波助瀾。

有老闆娘這個前提，又說是工作，戚茉就不好推託了。

這是于萱的主意，她發現其實戚茉特別聽老闆娘的話，而老闆娘也希望戚茉這麼個孩子不要總是工作，要多出去走走，所以也跟著于萱一起，而程墨，他只應了幫忙戚茉的活，不幫忙勸。

「……走吧。」

跟著于萱一路搭車轉車，最後來到一棟摩天大樓的門口。戚茉仰了仰頭，看不出點什麼，「妳要面試什麼？」于萱走在前頭，指了指門口的公司名，「這間公司妳不知道？」她搖頭。

「天，戚茉妳不看雜誌嗎？妳不在網上買衣服嗎？」

她想想以前，又想想現在，「以前不可能，現在更不可能。」于萱安靜了，想起戚茉現在的情況，有點自責，自己太粗神經了，這個孩子顧生活都來不及，還看什麼雜誌、買什麼衣服……

「對不起。」她老實道歉，還把戚茉手上要外送的咖啡全提過來，「我來拿。」

「沒事。」但還是被拿走了。

于萱走到櫃檯詢問，「不好意思，我是來徵選網拍模特的，還有外送要送到岳幕監製的團隊。」

櫃台小姐面帶微笑地幫于萱查了查，還打了電話確認，最後依舊笑臉盈盈、客氣地回答她，「小姐，我剛剛和監製確認過，徵選和外送都在同一個樓。不過這裡是總公司，棚的話在附近。」她告訴她地址，順便告訴她怎麼走，估計十分鐘會到。她們按照指示，剛剛好十分鐘。

停在攝影棚門口，于萱帶著戚茉打招呼，「岳姊好。」

「于萱來啦，辛苦妳們了，大老遠跑來。」岳幕把她們迎進來，裡頭正在拍攝，模特們都穿著精緻的衣服，看得于萱兩眼發亮。岳幕朝戚茉點點頭，戚茉抿著嘴，也輕點了頭當作回應。這位他們店裡的常客戚茉沒見過，她都是上晚班，而這位監製顯然都是白天去的。

于萱把錢結算好，開始執行她來到這的第二件事，「岳姊，我要來徵選網拍模特的，說是在同一個地方，請問在哪？」

「出去的另一扇門就是。」岳幕指了指，「棚不大，這層樓也就兩個。不會走錯的。」

「謝謝岳姊。」她彎腰鞠躬，轉頭向戚茉說，「戚茉，妳在這等我，我好了來找妳。」

「嗯。」沒什麼反應，她早就做好被晾在這的準備。

沒多久，戚茉被突如其來的一聲怒吼給吸引了目光，全場瞬間安靜無聲，岳幕上前詢問那個人發生什麼事，那人的聲音因為怒氣，半點也沒收斂，「說好的模特現在玩消失，人呢？拖著大家的時間。」岳幕也冷下臉，看了看現場，低聲朝旁邊的副監製吩咐，「去看看公司的小模們在不在，抓一個下來。」旁邊的人怯弱地回答，「岳姊，妳忘啦？小模們被公司安排去訓練課程，剛剛現場拍完的也都趕著去了，現在……都沒人了。」

「小岳，妳底下是怎麼安排人的？不想做事啦？」那人的聲音收斂了些，但還是在怒頭上，「今天就要結束的事，要是明天沒辦法上架，衣服還賣不賣？我們還競不競爭？時間點沒掐好，損失多少妳知不知道？這樣要怎麼跟營銷組交代？公司的損失是要妳賠還我賠？」

岳幕狠下心，跟副監製說，「公司哪個有閒的模特，去討好，求個方便。」副監製急得想哭，「岳姊，現在是旺季，大家都在趕自己的進度……」

「就沒人進公司嗎？」

「剛剛收到消息，有一個人。」她看著手機道。網拍一組的組長知道了攝影棚的情況，便快速地問了問經紀部，把訊息即時回傳給她。岳幕抱著希望看著她。副監製嘴都癟了，「柳藝……」

她什麼希望都不抱了。

沈製作瞥了眼，「算了吧，叫首席拍網拍，像話嗎？還指望能行什麼方便。」岳幕的腦子飛快地轉，「找個上鏡的就行吧。」而沈製作比她更快，「那個行吧？」指了指棚內的某個方向。

他們一同看向了角落的戚茉。

岳幕同戚茉說了來龍去脈，她並不排斥，只是提了兩點，「我不會笑、不會擺動作。」

岳幕看她有意願，趕緊搖頭，「沒關係。」

「報酬多少？」

「拍這一次我給妳五千，現金。」她很大方，「我們公司給小模的時薪是一到兩千起跳，這次礙於妳是臨時被我們找來的，所以高了點。如何？」那句如何問得小心翼翼。戚茉在心裡衡量了一下，點頭，「可以。」

起初他們看見戚茉，只是覺得她上鏡，身材看起來也不錯，只求她能換上衣服，拍照了事。但是正當她上完妝，那不是可以上鏡的程度，而是驚艷。于萱徵選完看到戚茉坐在化妝台前完妝的這一幕，也是驚艷。

「戚茉。」她走到她身後，目瞪口呆，「之前覺得妳漂亮，但不知道還能夠這麼漂亮。妳不當模特太可惜了。好險現在當了。」

「只是臨時。」

「戚茉，可以開拍了。」岳幕敲了敲門，讓她上場。

鏡頭前的戚茉身穿黑色襯衫，衣尾扎進牛仔褲裡，剪裁合宜、顯得幹練，黑色襯得她皮膚越發白皙，簡單的首飾添了點華麗，淺藍色的七分牛仔褲在她身上很顯瘦，搭上細跟高跟鞋，兩條腿又瘦又長，在場的女人瞬間就想買下她身上的這套衣服。

她臉上的妝不濃，只是唇彩稍微重了些，用的不是少女的粉紅色，而是成熟的紅色，化妝師說她皮膚白、頭髮黑又亮，唇彩若是用紅色，很顯眼亮麗，反而不老氣。搭配好看的臉，頭髮則是紮成馬尾，整個人顯得精神。

「她這身高，搭上高跟鞋，可以去伸展台發展。」于萱身邊的岳幕稱讚。

「從前都不知道戚茉可以這麼迷人。」于萱目不轉睛，心裡想，若是戚茉真的能當模特，就不用這麼辛苦地在咖啡館打工了對吧？她看向岳幕，「岳姊，妳看看，能不能簽下戚茉？」

「……她不當模特，確實可惜。」岳幕暗自想，就算是柳藝也不過如此，不如此刻的戚茉亮眼。況且，柳藝的身高搭上高跟鞋還不能走伸展台呢……

戚茉把雙手插進牛仔褲的口袋，站了個三七步，側面對著鏡頭，拍好了又換正面。岳幕事先跟攝影師打過招呼，不用拍有笑容的，拍個比較冷酷的沒關係。於是攝影師只稍微提點了一下，「小妹妹，下巴抬高點，眼睛記得看鏡頭。」

戚茉照做，攝影師很滿意，沒多久就拍完了，還跟岳幕稱讚，「這個新人是一點就通啊，拍得很好，上鏡！」

「這是報酬。」岳幕把五千塊給她，「有沒有興趣當模特？留個電話吧？考慮下。」

「岳姊說了，妳不當模特很可惜的。」于萱拉拉她的手，小聲地說，「這是個機會，不要錯過了，妳很適合。」戚茉點頭，「我考慮。只是我目前沒有號碼，無法留電話。」

最後，她們留下于萱的號碼，戚茉也拿到了岳幕的聯絡方式。

當他們走出攝影棚，戚茉往離他們不遠的總公司指了指，「妳再說一次，這是什麼公司。」

「時尚界很有名的公司，有網拍、雜誌、國際舞台，範圍很廣，叫Deus。」

「Deus。」戚茉輕聲呢喃。

Deus。

二

隔天一早，葉葉端著咖啡進來，許靜正滑著平板，看著業界的新聞和公司的市場走向。她雖只是個經紀人，但也常常觀察公司的事，以便隨時應對。Deus一共有三個大方向，伸展台、雜誌、衣飾拍攝。她每天都會看這三大塊的官網，今天卻在網拍站上停留好一陣子。

許靜的目光停在一個她從沒見過的小模的照片上，伸手拿手機撥了號碼，「是我，許靜。」

「啊，許姊啊，什麼事？」

「妳們網拍部今天早上更新了一批，是吧？」

「是呀。」

「什麼時候拍的？」

「昨天。」

「誰負責的？」

網拍部的宣傳組組長心裡暗自奇怪，但對方是許姊，公司最有威嚴的經紀人，不好得罪，所以她還是一一回答，「沈製作，還有岳姊。」

「岳幕？她不是管伸展台的嗎？」

「小模的訓練課程出了點狀況，負責人去處理了，就請岳姊幫忙。」

「知道了。」她把電話掛斷，換撥另一個號碼。電話沒多久就被接起，「昨天網拍的小模都是妳找的？」

「嗯？是啊。」

「有一個我看得很陌生。」

「許靜啊，妳的習慣得改改，老是記得全部模特的臉，不累？」

「所以妳才去管伸展台。」岳幕忽略她那句話，她還要靠她這個經紀人請首席走台步呢，「那是臨時找的。昨天出了個狀況，有個小模搞失蹤，到現在都還沒找到。」

「臨時的可以找到這種？」

「我運氣好唄。怎麼？」

許靜也不拐彎抹角，直接地展現自己的意圖，「人簽了沒？」

「嘖嘖嘖，妳都肯定了？那是不是一定得簽到手啊？放心，我問過了，只是她要考慮。反正她最後答應了，也是到總公司和妳的手裡才去做分配，您就等著吧。可是……」

她遲遲不說，許靜很不想問，但還是問了，「嗯？」

「那人雖然不是柳藝那種笑面虎，卻是冰山啊。妳都有一座大冰山了，還想納個小冰山嗎？說不定那小冰山最後也是個大冰山呢。」

「妳最近學相聲了是不是？」

「不，我學了繞口令。」岳幕就只會對著昔日的老同學貧嘴。

許靜直接把電話掛了。

／

全高三正在裡頭做最後一次的模擬考，班導好不容易找到戚茉談話，開頭就是：「鬧夠了吧？可以念書了？」戚茉和班導站在走廊上，冷風刮過她的臉，「請問，誰在鬧？」

「戚茉。妳要考大學了，剩這麼點時間而已，別叛逆了好不好？妳父母生前對妳有多深的期盼——」

「妳根本沒見過他們，怎麼知道他們對我有多少期盼？」

「父母對孩子都是有期盼的。」

「我們希望妳能好好把大學唸完。」

「死了的人，沒資格對活人有要求。」

「妳這孩子！」班導聲音低怒，「之前挺好的，現在就變了樣。妳要是不念書，不升學，以後沒出息、沒工作，就不要怨我們這些老師，怨妳自己。」

「不上大學就沒工作？」戚茉挑眉。

「想清楚了沒？想清楚了下一節課就進去考試。」顧忌到剛剛自己說得太狠，現在她的語氣稍稍緩和了些。戚茉點點頭，「想清楚了。」

她轉身就走，不去理會背後班導的呼喊，本來還有些猶豫的事情，現在都已經明朗。

她推開咖啡館的門，老闆娘看見她有些詫異，「戚茉，妳今天不上課？」

她在沙發座上放下包包，一言不發。于萱從廚房裡出來，詢問的眼神飄向老闆娘，老闆娘聳肩表示不清楚。

「戚茉，妳看看這是誰？」于萱指了指。

只見岳幕坐在吧台上喝著咖啡，正看著她。

「岳姊。」她叫了一聲。

「不上課？」岳幕也問。她把頭撇向一邊，「翹了。」

老闆娘不意外，只是輕嘆了口氣，「來，自己煮杯咖啡給自己，順便煮一杯給我，程墨說妳上次吧台的工作學得很好。」戚茉沒出聲，坐了一會兒，起身走進吧台。岳幕看著她，看著她有點倔的眼神，和一絲不苟、俐落的動作，暗自對她更感興趣了些，「戚茉，考慮得怎麼樣？」

「你們有學歷的限制？」

「沒有。很少人在看模特的學歷的。」

她煮好了一杯，放在老闆娘的面前，然後開始清理桌面。

「高三了吧？最近一次的模擬考考得如何？」她報了第二次模考的成績，「滿級。」

岳幕不太了解級分的定義，但還是大學生的于萱眼睛可就亮了，「戚茉，我以為妳是不愛讀書，沒想到妳是學霸。」

「滿級很好？」岳幕問。于萱點點頭，「全部都是頂尖的意思。」

「岳姊，」她默默地把桌面整理好後，抬起頭看她，「我想試一試。」

「那大考怎麼辦啊？雖然是滿級的等級，但是會不會太累？」于萱問。

「我不考。」

「戚茉。」老闆娘皺眉。

「大學和我以後的工作，沒有什麼太大的關聯，浪費錢也浪費時間。念完大學失業的大有人在，何必多我一個。」岳幕知趣地笑了，「那等等跟我一起回公司。」

「岳小姐，妳不勸她？」老闆娘眉皺得更深，「孩子的本分是念書，模特也等以後再說。」

「她知道自己在幹嘛。」岳幕偏袒她，「孩子的本分或許是念書，但是更貼切的是，在孩子的階段，找到方向，而不是浪費了大把青春後，才汲汲營營。現在的大學文憑已經不值錢了，就是這些人讓文憑貶值，社會看重文憑，卻也不看重文憑。文憑或許是未來的門票，但誰說未來只有那扇門？」

岳幕帶著戚茉的簡歷回了公司，過幾天後，戚茉跟著岳幕走進Deus。

「來，這邊坐。」岳幕將她帶到總公司的人事部。

「岳姊，新人？」一個小妹湊過來，「漂亮啊。」

「是不是每個人來妳都這麼說？」

「才不是，我已經視覺疲勞了。但這次這位真的漂亮。來，岳姊，這裡走。」小妹笑道，把他們帶進會議室。一進會議室，總經理坐在首位，雜誌部和網拍部的部長都到了，許靜和幾個經紀人也坐在邊上，一時間大家視線交錯。

岳幕坐上伸展台組的代表椅上，留下戚茉站在會議桌末端。

以往，Deus的新人多是從網拍小模做起，直到從網站上被發掘，才會轉往雜誌或伸展台發展，甚至有些小模沒有簽約，發掘了才被簽下；另一個管道是伸展台選拔，但是就有身高要求，不容易。而有些是透過內部的人帶進來的，多半有獨特的方面，所以會召集三大方向的經紀人或負責人，商討要把人放在哪裡發展。

這情況，說好聽點是商討，難聽點，如果真是個潛力股、那就是要搶人了。

三

總經理是個和藹可親的女人，她一見到戚茉就揚起笑，溫柔地招待她，「請坐。」

戚茉坐下，照樣沒什麼表情，只是看過在場的每一個人，然後收回目光，盯著桌面。

「難得大家這麼忙，短時間聚在一塊真不容易。」總經理開口，依舊笑臉盈盈，「相信，大家有志一同吧。」

「都看見網拍網了？」網拍部的部長突然說。

「人可是我找的。」岳幕輕鬆地表達了一句，拿起桌上的茶，給戚茉倒了一杯，「這是綠茶，戚茉，妳先看看人怎麼吵架吧。」她一點也不避諱。

「找人是找人，簽人是簽人，帶人是帶人。」許靜喝了口茶，「妳們別幼稚了，比較利益、最大獲益，懂嗎。」

「許同學果然還是最冷靜的一個人啊。」岳幕點頭。
「難道能再出一個言玄肆？」雜誌部部長聽出了端倪，「這風險不小啊。」
「都看過簡歷了？」總經理插話。大家都點頭。
「戚茉，妳，公司一定會簽，妳明白嗎？現在只是在決定走向。」
「為什麼？」
「憑妳在網拍網上的那張照片讓那套衣服的銷量提升了兩倍。」
「憑那個難搞的攝影師誇妳上鏡。」雜誌部部長也接著說，「這個圈子，不是拍照好看就說妳上鏡，好看的人很多，適應鏡頭的就不是那麼多了，這才是我們說的上鏡。」
「憑妳的身高，還有氣勢。」岳幕也就著伸展台組的需求說出原因，她笑笑，「雖然不太能走國際台，但是國內的還是可以的。我看妳煮個咖啡也很有感覺。」
總經理滿意地轉向旁邊的人，「許靜，妳說呢？」
「現在是不是特別想把柳藝丟掉啊？」岳幕打趣。許靜沒理她，「戚茉小姐，問妳幾個問題，可以嗎？」戚茉點頭。許靜站起身，「我不會像那些面試官，問妳為什麼想當模特，我要問的是，妳能承受鏡頭前的自己嗎？」她走近她，「模特跟演員說不一樣但也有相似之處，就是無法做自己，妳必須貼合主題風格，必須接受眼光，必須明白逢場作戲，只為了拍出完好的作品。」許靜靠著她旁邊的牆，看著她，「第二個問題，不是一簽約就能馬上排許多行程，或許妳的定位不太一樣，但是，妳還是得訓練，得有相關的知識。這妳能接受嗎？沒有要妳馬上回答，如果妳不能，現在就說，如果妳能，用行動證明。」許靜回到座位，「我問完了。」
「許靜目前也接受妳了。」總經理微笑，「除了玄肆那一次，我們是久違地這麼和平開會呢。」

戚茉帶著合約，難得地回了一次家。當她要給她的監護人簽名的時候，兩方都沒有說話，長輩沒有過問，她也就半句都不提。

當時，岳幕是唯一知道些她的狀況的，她跟她說，「戚茉，讓自己高中畢業吧。就剩一個多學期，對妳而言不就是考考試而已？不要滿分，只要及格，及格了妳就可以被放出那裡了，嗯？」

戚茉應下。

星期六，戚茉來到公司樓下，有個人正在門口等她，她認出是那天也在會議室裡的人，「戚茉，我是妳的經紀人，可以叫我姚姊。我們先進去吧。」

姚姊，名叫姚風，是Deus的經紀人之一，她面對戚茉的冷也沒有不適應，對她還是溫柔地笑，「怕妳進來找不到路，所以就在門口等了。」兩人進了電梯，姚風繼續對她說話，「今天要先做點基本訓練課程，聽岳姊說妳很聰明，這樣我就不擔心了。」

戚茉很安靜。她在想，除了咖啡館的人，她已經好久沒有聽人這樣說話，沒有冷嘲熱諷，沒有任何負面言語，就算只是話家常，她都覺得有些遙遠。她們走出電梯，「戚茉啊，妳喜歡吃什麼？等會兒妳下了課我給妳送來，公司報帳，可以多點些。」戚茉從思緒中抽離，還有些恍神地看著姚風，姚風笑，「怎麼啦？」

她搖搖頭，開口說了她和姚姊的第一句話，「姚姊，謝謝。」

姚風看著她，默了一會兒，隨即調皮地笑，「說什麼謝，我現在手上就妳一個模特，當然對妳好，傻孩子。」戚茉紅了眼眶，姚風不提，卻都看在眼裡。她被選定為戚茉的經紀人時，岳幕告訴她這個女孩的事，她的辛苦、她知道。

而對於戚茉而言，孤身一人之後，這些來自人的關心，還有感情、以及溫暖都離她遠去。

可如今，又好像回到了眼前，她卻提前害怕失去。

／

言玄肆正在一間辦公室裡翻看合約，喝了口咖啡，皺眉，「咖啡冷了，倒掉吧。」小助理不敢吭聲，趕緊把咖啡拿走。總經理笑，「你自己放冷的咖啡，還嫌棄。」

「合約跟之前那份一模一樣，要我看什麼？」他理都不理咖啡的話題，逕自發問。

「時間。這次是兩年。」

「我知道。」

總經理頓了頓，理解地笑，「其實你做得很好，太可惜言玄肆這個名字了。」他也笑，笑得諷刺，「難道，妳敢改上頭的時間？」她仍舊笑著，卻看著他緩緩地搖頭，「抱歉，我是個執行者，不是決策者，所以，上頭要我放、我就會放。能有選擇的時候，做最不笨的選擇，不是嗎？」鴨舌帽下的雙眼染上笑意，「妳離決策者之路不遠了。這種話，講得真是好啊。」

總經理看著他，臉上倒是平靜，「玄肆，從高處摔下來，才不容易有存活的機會。」他拿起桌上的筆，龍飛鳳舞地簽下自己的名字，然後抬眼看向她，那雙眼睛已是寒氣滿佈，嘴角卻張狂地勾起，「Vin，我姓言，這個，我早就明白了。」

／

戚茉的基本課程是跟小模們一起上的，從儀態到美妝，這些都算基本，但是戚茉碰都沒碰過，一開始上課就處處碰壁。說不受挫是假的，但憑著她以往在學校的學習表現，她知道自己只需要一些適應期，最起碼，那些瓶瓶罐罐應該都能記下。

早上的課很快就結束，大家出了教室，要去吃午餐，唯獨戚茉沒動，手撐著下巴直勾勾地盯著上課的白板。公司裡的指導老師看她這樣，也沒冷漠地去吃自己的飯，她上前關心幾句，「戚茉對吧？看妳對這些東西很不熟悉，以前沒碰過？」

她搖頭。指導老師有些高冷，但不是個看人低的人，見戚茉一竅不通也沒說什麼，「其實也是好事，至少現在學，學的是對的概念，不像那些小模們，有些概念都是錯的，得重頭。」

這時姚風探頭進來，「老師呀，在訓戚茉？」她轉頭看，「我哪裡在訓人了？我是在鼓勵她。」

「我看她怎麼這麼久了都沒出來，就進來看看。」姚風笑，「老師妳多擔待啊，戚茉聰明，只是不熟悉這些東西。戚茉，走吧，吃飯。」指導老師見她還不動，手指就敲敲桌子，「先去吃飯，下午是儀態課，要動的。」

結果吃飯的時候，戚茉是吃了一口，就在紙上寫寫畫畫，姚風看也看不懂她在寫畫什麼，只在心裡嘆：這孩子吃飯還想事情，當心消化不良啊。

沒多久，她們都吃得差不多了，戚茉也停下筆，「姚姊，妳懂化妝品嗎？」

「嗯，差不多都知道。」

「那妳幫我看看。」她把手上的紙遞過去。姚風接過，她發現紙上不是那些她剛剛看到的寫寫畫畫的痕跡，而是整整齊齊的字，寫著各式各樣的化妝品名稱，還有功能。密密麻麻的內容，讓姚風很訝異，「妳短短的午休就背完、還整理出這些東西？妳早上不是還在苦惱什麼是什麼嗎？」

「只是用了背化學元素表和化學式的方法記下來而已。不好好記下來，腦子訊息接不上，心裡不舒服。」姚風驚嘆之餘，還好好地幫她看過，些許時間後，她點點頭，「都是對的，有些比我知道的還詳細。」

姚風想，她能碰上戚茉應該算是幸運的吧。要是碰上其他小模，肯定是要挑剔飯如何、課都聽不懂、覺得辛苦之類的。可她眼前這個女孩，面對自己不熟的事物，就只是、讓那些問題不成自己的問題，寧可吃一口飯，然後寫寫畫畫好幾張紙，安靜地專注自己該做的事。

「戚茉。」

「嗯？」她無聊，順手收著餐盒，連姚風那份一起疊一疊，放進袋子裡。

「下午課好好上。辛苦一點，以後值得。」

「知道。」她喝了口水，「姚姊，能不能找幾本關於時尚的雜誌或是書給我？那些品牌和常識，我得惡補。」

姚風笑，「當然好。」

四

下午的儀態課，並不比早上的課來得輕鬆。

她們先是貼牆站了十五分鐘，幾個小模就已經哀號不止，戚茉也是滿頭大汗。儀態老師走過，冷淡的眼神瞥了戚茉一眼，又將視線擺回前方，酷酷地說，「要是現在不吃點苦頭，你們以後的路就只有窄窄一條。培養自己，才有未來的選擇權。」她轉過身又走了回來，不耐煩地喝斥，「全都給我閉嘴。」

戚茉看著鏡子中的自己，只看著自己。簡單的動作卻很難熬，但是她不讓自己放棄。儀態老師到她面前，低聲開口，「妳就是戚茉？」戚茉沒看她，不卑不亢地回答，「是。」

她從頭到腳打量她一遍，心裡嘀咕，身高倒是還好。伸展台部的岳暮還特地跟她打過招呼，說這個女孩是要依走秀模特的標準培養，她已經訂下來了。她收回視線，說了句，「背再打直一點。」就繼續走到下一個人面前。

這堂課，把基本的東西都教了，如何適應鏡頭，如何擺動作、使自己看起來自然等等，後半堂幾乎就是實際拍照、演練，大家雖說都沒有大問題，但也就是普普通通的級別。

然而攝影師和儀態老師特別注意到了戚茉。並不是她有多厲害、多特別，她和其他小模一樣，一開始生疏，後頭沒什麼新的變化，而且還不會笑。戚茉拍的幾張照片裡從沒笑過，眼神都冷冷的，有時候目光攫住鏡頭、有時候卻看向別處。他們感覺到她的不同，卻分辨不出哪裡不同。就是，會下意識地凝視著她。這不單單是漂亮就能做到的。

課堂結束後，儀態老師單獨留戚茉下來。她們換了一間教室，教室的一側放著一個跟教室差不多長的長桌，上頭擺滿了玻璃杯。

「戚茉，今天學的都是拍照，是用在網拍跟雜誌的。妳還缺一樣。」她用腳踏了踏地板，示意地板上貼著的紅膠布，「來吧，練習台步。走在直線上，行吧？」

她點頭，走了一次。

「這次要看著前方，把視線定在一個點上。不要有什麼表情。」

戚茉照做，她卻不滿意，「下午教的都白學了？背打直，抬頭挺胸。」再做一次，她還是搖頭，「顧一個，就顧不了另一個了？戚茉，我只教妳今天的台步，今天沒學好、就沒以後了。」

試了幾次後，她漸漸掌握訣竅，但仍然沒有讓老師滿意。

儀態老師沉思了會兒，拿起了第一個玻璃杯，看向戚茉，「沒事，岳幕的眼光還行，妳可能只是需要多一點練習、還有刺激。」然後她要戚茉站到紅膠布的起點，將玻璃杯放在她頭上，「掉下來了就是破了，」她鬆開手，「妳弄破的。回復不了原狀。記得。」

戚茉皺眉。

「好，背打直，下巴抬高，現在這是標準姿勢。」她遠離她，「好，走。」

她聽話地走了兩步，玻璃杯立刻就掉在地上，碎成一地。戚茉顫了一下。儀態老師冷笑，「妳看，妳沒看著前面，妳在顧慮什麼？從一開始妳就在顧慮了，顧慮線嗎？顧慮自己走得直不直？」她的笑容隨即消失，「戚茉，妳聽好了，我不要妳顧慮，妳現在走直線已經不是問題了，妳現在要給我的，是抬頭挺胸、還有最重要的一點，是自信。模特沒有自信，就什麼也不是。」她又放上一個玻璃杯，「當我不存在，杯子摔了就摔了，拿新的放上就行。妳很聰明，妳知道我要幹什麼。」

她抬手看看手錶，「差不多了，我得趕去一個秀場，妳自己斟酌著練習吧。離開的時候門不用鎖。」她走向門口，「杯子全部砸完也沒關係，公司錢多。還有，這次結束後再見面就是秀場上了，反正如果妳做不好還是會被送回來上課，不用太擔心，只是多繞彎而已。」這口氣，安撫也有、嘲弄也有，她都聽出來了。

現在就剩她一個人。她看看地上的線，又看看身邊的玻璃杯，一整天緊繃的情緒忽然鬆懈，她吐了一口長長的氣。對於這個陌生的地方、陌生的事物、陌生的壓力，不辛苦是騙人的。但是她很清楚，這是她選的路，她沒有資格可以抱怨，因為她有選擇、而她如此選擇。

戚茉拿起一個玻璃杯，放在頭上，抬頭、挺胸，直視前方，她走了幾步，玻璃杯掉了、碎了，她頓了頓，頭也不回地又拿了一個，繼續向前走。她走到另一端的時候，玻璃早已碎滿了整個道路。隨著對碎裂聲的麻木，她轉身，習慣性地拿起玻璃杯，看著前方、赤著的腳就踩在碎片上，她沒有反應，依然走著，身體只知道要前進，思緒早已回到過去。

她的腦海裡是一幕又一幕的兒時記憶，充滿著笑和溫柔的記憶，提醒著她也曾經是那麼快樂的小女孩。她走回起點，發現臉上滿是淚水，她不耐煩地擦了擦，拿起杯子要繼續，才感覺到腳上的刺痛感，她低頭看去，晶瑩的玻璃碎片上，有著隱約的紅色，那是她的血跡。

「妳在顧慮什麼？我不要妳顧慮。」

「模特沒有自信，就什麼也不是。」

她面無表情地放上杯子，雙腳毫不猶豫地踏上去，眼神堅定、身姿挺拔。一步又一步，她忽略破裂的聲音，將自己全力投入在步伐裡。刺痛感不斷加深，而她的表情越來越冷。她輕聲開口，「疼嗎？妳敢說疼嗎？」

忽然間，教室的燈熄了，一片黑暗，只有從窗戶外透進的光照著她。

「疼就對了，會疼的、才是真的。」

時間漸漸過去。她與黑暗融為一體，腳步越來越穩，再無碎裂的聲音，而腳底早已麻木無感。最後，她拿著桌上最後一個玻璃杯，站在碎片上，低頭看著，沒幾秒，親手將它砸在了地上，響起了清脆的破裂聲。

這個聲音，她記住了。

／

「行，妳面子大，叫妳公司找別人拍去！」當場價值不斐的相機就這麼砸到地上，聲響在鴉雀無聲的棚裡特別大。「不好意思，不好意思，您別氣了。」一個女人上前去陪笑安撫，「新人嘛，一開始比較生疏，老師您就大人大量，別計較。」

「這話講得我不消氣我就不是大人了？」他完全不吃她這一套，「到底是不是模特啊，一個小丫頭也對我說教，還擺臉色給我看，那就都不要拍。妳們公司的錢我也不要了，我是誰啊，還要討好別人！」一氣之下，人就走了。

「葉老師，您——」她嘆了口氣，心裡正有一把火，卻不能發作，轉頭面對正主還得溫溫順順地，「乙莘啊，沒有新人像妳這樣的，他好歹也是業界有名氣的攝影師，我們這次好不容易請到他——」

「哪樣？新人要哪樣？我為什麼要那樣？」舒乙莘滿是不屑，「都是要賺錢的，安靜拍一拍不就行了？話那麼多，還對我不耐煩，到處挑我的不好。」

她把拍攝的首飾拿下來，扔到一邊，「再說，妳老是說我是新人，怎麼，還要我對著那些老女人點頭哈腰？她們在我面前仗著資歷就目中無人，沒多紅，也不想想自己可以走多遠，囂張什麼。」都扔完了，她就拿起自己的包包往那女人懷裡丟，人就往電梯走去，頭也不回地告訴她，「妳要是再到人前強調一次我是新人，我就讓總經理炒了妳，我被看低，妳也不會好過。」

五

言玄肆從頂樓下來，經過一排韻律教室，看到走廊那頭坐著個女人，望著某間教室的門，表情似乎很焦急。他沒理她，逕自走過她面前，按了電梯，等著。猛然地，一扇門被打開，焦急的女人趕緊起身，喊了聲，「戚茉。」

言玄肆不動如山，看著電梯門，沒有任何轉頭查看的意思。

這一處的姚風一邊是鬆了口氣、一邊又因她蒼白的臉色擔心，「怎麼這麼晚？你們老師說妳自己在練習，可是都已經四個小時了妳都沒出來。」

「沒事。」她赤著腳走出教室，卻踉蹌了一下，姚風趕緊穩住她，「怎麼了？不舒服？」她低頭看去，低聲驚呼，「妳的腳。」她自己卻看都不看一眼，「我知道。」

姚風往教室裡瞥一眼，雖然裡頭沒開燈，卻也能看見那滿地玻璃。她難以置信地看向她，「戚茉，妳——」她頓了頓，「不行，得消毒，妳不能再走了。」她望向在等電梯的言玄肆，此刻他戴著鴨舌帽，姚風也認不出他是言玄肆，只當他是工作人員，便喊了他，「先生。」

言玄肆聽見了，卻沒理她。她又喊了一次，「先生，不好意思，能請你幫幫我們嗎？這女孩腳受傷了。」戚茉見對方沒反應，就搖搖頭，「算了吧，我能走。」

依稀熟悉的聲音讓言玄肆思緒一滯，不太相信地回過頭，沒幾秒他就想起了在哪裡見過這臉龐的主人，「小女孩，妳到這來了？」

姚風頓住，戚茉也微愣，她仔細看著他的臉，想起了他是誰。

「啊，這人居然是言玄肆。」姚風也看見了他的臉，顯然認出他是誰，她低聲咋舌，「天，我居然求他。」

他的手插在口袋，下巴微揚，露出了眼睛，「受傷？」

「沒事，我們可以解決。」姚風趕緊換了說法。在這公司，千萬不能和言玄肆有牽扯，戚茉才剛開始，更不能。

戚茉納悶，卻也沒吭聲，只是看著他。她的眼神和在咖啡館時一模一樣，沒有任何溫度，有點冷，然後是全然的靜。他忽然想再聽她的聲音，再看見她更多的反應，「妳不知道我是誰吧？看妳從這教室出來，旁邊這人又掛著員工證，妳應該也是這公司的人？那妳很快就會認識我了。」他打量她，看見她的腳，上頭有些血還沒有乾，他馬上就明白了狀況。

他看見姚風的臉色越來越難看，心裡就興起一個念想，「不如，就讓妳欠我一個人情吧？」說完，就走了過去，不顧戚茉意願就將她攔腰抱起，也不顧一旁的姚風，轉頭就走向電梯，又按了一次按鍵，在姚風還來不及做出反應時，進了電梯。

電梯裡，言玄肆一臉淡漠，「名字？」

戚茉沒回答，眉皺得很緊。

「不說妳的名字我就把妳扔在地上。」她不接受威脅，「那你就扔吧。」

「這麼防我？」他調整了姿勢，卻也沒真鬆手，「我是這間公司的模特。妳應該也是。現在行了？名字？」

「戚茉。」

「妳這腳是踩著碎玻璃出來的？妳把玻璃杯全砸了嗎？」

「全砸了。」

途中，電梯停了一次，外頭的人看清楚是誰、又看見兩人的姿勢後，沒人敢搭，又讓門關上。

「名字？」門關上後，換戚茉開口。

「想知道？」

「不說就算了。」

他笑了，笑得非常非常細微，「言玄肆。」

「沒聽過。」她無情地澆了冷水。

「不怕我？」

戚茉仰起頭看他，而他直視著前方，她又斂下視線，「為什麼，你好像很被人顧忌？他們怕你？」

電梯裡安靜著，他沒出聲、她也沒追問，兩人談話間的溫度又降了下來。

當他們到達一樓大廳，言玄肆將戚茉隨意放在待客沙發上，他並沒有直起身子，而是維持著動作，使兩人的臉很靠近，他雙眼直視著她，明明毫無溫度的表情卻突然勾起好看的笑容，「戚茉，」他第一次叫她的名字，而她清楚看見了他眼睛裡的冷冽，「妳是該顧忌我，離我遠一些。」

眨眼的時間，他人就已經轉身走向大門，上了褓姆車。

戚茉的眼睫毛輕顫了一下。

心裡有種無以名狀的感覺，正刺了下她。

／

最後終於找到戚茉的姚風，還是請人幫忙將戚茉送去醫務室。

「妳真的是嚇死我了，任由他按電梯，都不知道他要去哪。」護理師幫戚茉的腳上藥，姚風在一旁低聲地說，「下次看到他，維持禮貌的距離，別疏遠但也別親近。」

「他是誰？」戚茉把頭轉到一側，不去看自己的腳。她嘆了口氣，開始說明整個公司裡頭的人和情況，包括言玄肆、柳藝這些代表模特的訊息以及傳聞，還有公司的重要人物。戚茉靜靜地聽，沒有任何提問。

「這樣，明白了為什麼要妳遠離言玄肆了嗎？」姚風說完後，這樣問了一句，「他私下的傳聞並不好，不是個潔身自好的人。」

「嗯。」她應了一聲，不知在想什麼。姚風也不敢多唸她什麼，換了個話題，「公司有個小刊，這一季正要進入模特拍攝的階段，雜誌部沒有告知內容，但部長希望妳能試試，我想這是個好機會，我也看過妳那次網拍的照片，覺得很好，不擔心妳的能力，就幫妳接了。」

「什麼時候？」

「有點趕，明天。」

她很乾脆地點頭，「可以。」

／

隔天，姚風帶著戚茉到攝影棚去。戚茉是第二次走進這種地方，原以為是不相干的世界，沒想到自己卻一腳踏進。姚風一進去就面帶微笑、點頭哈腰，跟每個工作人員介紹她們是誰，而戚茉只是點頭，臉上依舊不帶笑。雖然早已知道是公司重點新人，但一點笑也沒有、看上去也不愛搭理人，工作人員也沒有多熱絡。姚風心裡輕嘆，卻不想勉強戚茉。

「把事情做好就行了。」她拍拍她的背，讓她進更衣室。

這一季的小刊主題是「黑」。雜誌部表示，雖然主要雜誌走的是暖冬風格，但小刊想要營造的，是冬天的冷冽無情，帶著負面感，而她們第一時間就想到了戚茉。

戚茉的氣質符合。而且，對於沒有表情的戚茉來說，這也真的很適合她。

姚風前前後後打點好了攝影棚的人員，讓等等的拍攝可以順利。而後，她走進化妝室，戚茉基本已經完妝，身邊是雜誌部的人正在跟她解說。戚茉的雙眼斂著，安靜地聽，偶爾問些細節，或許是因為此刻她的妝容、也或許是因為她輕柔的聲音帶了點冷漠，雖過程中她都是不卑不亢、甚至是和氣的，解說人員的目光卻不敢直視她，似乎有點怕。姚風有些愣。她是第一次看見上了妝、換上拍攝服裝的戚茉真人，就算是看照片，也沒想過現場會有這樣的效果。

戚茉理所當然是一身黑，臉上的妝比之前網拍時還要精緻些，特別是唇色，化妝師給她上了大紅色，這不符合戚茉的年紀，一般人也會嫌棄這個顏色老氣、誇張，但是在戚茉臉上，卻很適合她，也很適合這次的主題，若是她此刻願意勾起嘴角、笑一笑，她就像一個果敢、狠心的女人，迷人卻有毒。

如冷冽濃黑的冬天、嫣紅似血的無情。

是，她從不覺得這個小女孩還保有著天真單純，至少，她看見的是，她對自己太狠。昨天的滿地玻璃，已讓姚風對戚茉換了一層想法。

六

「易老師，很高興您特地抽出時間來幫助我們的小刊。」雜誌部助理奉上一杯茶，畢恭畢敬地說。易源溟婉拒她，指了指自己的保溫杯，笑道，「我自己有帶，妳喝吧。而且，是你們公司看得起我，如果這樣頻繁地幫忙拍攝，搞不好我就能成Deus的專用攝影師了，這樣是對我有利。」

「老師您開玩笑了。誰不知道您的時間特別難預約，能讓您拍攝，是榮幸。」

聽到這樣恭維的話，易源溟倒是不想繼續聊了，只是保持微笑，傾身倒茶。

「這次的小刊模特是個新人，還請易老師多擔待。」

「沒問題，再紅的人一開始也是新人，我也不例外，所以不用擔心我會刁難。」他喝了口自己的茶，「只是，希望是不會讓我氣到摔自己的攝影設備的新人，我這人底氣不夠，在摔之前我就會先投降認輸了。」小助理笑，明瞭他是在打趣不久前Stella公司新人模特舒乙莘的醜聞，「老師放心，我們的模特或許不懂專業，但都有素養。」

當戚茉從化妝室出來時，大家都安靜了，一方面是因為她出色的外表，另一方面，對於這個新人，他們並不清楚她的脾氣。

姚風給她指了指，小聲提醒，「那位就是攝影師，易源溟。」

她點點頭。昨天晚上她讀了姚風拿給她的幾本時尚雜誌，看過不少次他的名字，她也在網路上查詢過他的相關訊息。她走到他面前，易源溟快一步伸出手，「妳好，我是易源溟。」

戚茉有禮地握住他的手，沒什麼表情，「易老師你好，我是戚茉。」

他挑起眉，對於眼前的人的反應有些驚訝。剛剛工作人員的碎言碎語他也沒少聽，原以為是個高冷的人物，沒想到還願意開口，開口還帶著禮貌。不過，他也沒全信她，畢竟表裡不一是這個圈子的慣有現象。

「那我們就開始吧。」

一開始，易源溟怕戚茉不適應，便稍稍提點她幾句，她點頭表示明白，投入的速度雖說不快，但也是漸入佳境。於是，這場拍攝，除去一開始的緩衝期，是意外地順利。

隨著快門的聲音不斷響起，一旁觀看的人都看見這個明顯的變化。平時戚茉沒表情時就有些嚇人，現在更是多了些狠意，但無法否認的是，很美。拍攝到後來，她的情緒也有些改變，她不再是只有心情不好，轉換之中，她的表情也會帶有慵懶，有時換作是挑釁，有時又是迷茫，擺出的姿勢也不會顯得突兀或是不自然，很好地利用了佈景還有道具。

一連串換了幾套衣服，戚茉都發揮得很好，將雜誌部要求的「負面感」都呈現到位。

中場休息時，戚茉坐在螢幕前看著剛剛拍好的作品，將姚風為她帶的茶握在手中取暖。易源溟說著優缺點和建議，面帶喜色，「小姚，妳確定妳這個是新人？」

姚風也為戚茉感到驕傲，「是，而且這是她第一次正式拍攝。」

「Deus這次挖到寶了。」他毫不掩飾地誇讚，「幾乎都是一次過，進度很快，我可以早下班了。」任憑兩個人聊著，戚茉只是不發一語地看著螢幕裡的自己。以前的她一定不會想到自己現在的處境，她也從沒看過這樣的自己，漂亮精緻、卻顯得疏離冷漠。

此時，姚風看時間差不多了，便讓戚茉把茶喝完，去換下一套衣服。易源溟看著她，隨即又把視線從這個小女孩身上移開，喝了口茶，眉卻皺起。茶冷得真快。他心裡嘀咕。還有什麼也能轉變得如此快速呢？易源溟蓋上保溫瓶的蓋子，想起多年前也有個小女孩笑著和他喝茶閒聊，那時生活還沒開始複雜，未來都還可以被想像得美好。

「戚茉。」他放好東西，拿起相機作調整，「不要忘記自己。」

戚茉看著他，不明所以。

他瞥向她，「不要忘記自己，無論過了多久，無論必須走往何處。」

／

成為模特後，戚茉白天到學校讀自己的書和補眠，幾個晚上到攝影棚去拍幾個網拍，又讓岳幕親自看著她練習走台步，假日去上基本課程。她的生活正在轉變，她沒有感到快樂或是滿足，而是慶幸這樣忙碌的生活，因為疲倦可以讓睡眠深沉，逃開夢魘。

星期日的夜晚，雨又下著。

她一個人趴在床上，眼睛眨也不眨地盯著窗外。床上的手機裡頭已經有了新的SIM卡，是姚風幫她辦的，為了聯絡方便。現在通訊錄就只有姚風的號碼，她誰的號碼也沒有存。

言玄肆的聲音冷不防地在她腦中響起。戚茉想，他似乎很喜歡《咆哮山莊》？那本瘋狂的小說，以前的自己也很喜歡，但現在回想起來，卻字字是刺。「The entire world is a dreadful collection of memoranda that she did exist, and that I have lost her.」她輕聲地唸。

原來親身經歷，才能夠感同身受。

聽著雨聲，戚茉覺得有些呼吸困難，卻不打算嘗試呼吸，她甚至思考著自己這樣死去的機率有多大。然而在瀕臨邊緣之際，自己卻翻身仰躺。

她大口地呼吸著空氣，卻不禁在心裡嘲笑自己，人類本能的求生意志，竟是自己最大的阻礙。

／

一個星期的時間，Deus的小刊「SeasonS」發行，封面和裡頭的人物正是戚茉。這次的小刊一發行，讓戚茉瞬間被關注。時尚界的人談論裡頭的衣服配飾，也談論擔當模特，大眾更是被這個首次亮相且外貌亮麗、氣質突出的模特給吸引了目光。雜誌部對這樣的反應很滿意，也肯定戚茉的第一次拍攝非常成功。結果好，對她以後的路也好，公司也會對她更上心。

而車內，柳藝看著小刊，挑了挑眉，「新人？」

「嗯。」許靜也翻著，看了頗長時間。

「挺漂亮。」她笑一笑，「玄肆前輩，要不要看看？」

言玄肆坐在她旁邊的位子，看了眼封面的人，然後拿過來自己面前，漫不經心地翻著。「如何？漂亮吧？」她看著窗外，淡淡的笑容掛在臉上。她知道，言玄肆從不誇人，也很少去看其他人的作品，更不會花心思去評論，他只關心與自己有關的事物。

「不錯。」他的墨鏡擋著他半邊臉，把小刊放回去，「把主題表現得很好。」

柳藝微微一愣，倒也沒有表現出來，很大方地帶著他的話語一起稱讚，「如此看來，這女孩倒是被前輩誇讚了，以後很被看好吧。」

他沒有接話。而她默默瞥了封面上的名字，悄悄地記下。

當言玄肆和柳藝他們的車到達公司的地下停車場，戚茉正和姚風從電梯出來，因為戚茉還是學生，公司並沒有配給她褓姆車，而是由姚風開車接送。

他們下了車，視線和戚茉她們撞得正著，言玄肆帶著墨鏡沒有什麼反應，柳藝則是微笑地對她們點點頭，而姚風和許靜打了招呼，就打開車門讓戚茉上車。戚茉看著言玄肆，想起他說過的：「妳是該顧忌我，離我遠一些。」她便斂下眼，對著他們輕點下頭，上了車。

言玄肆藏在墨鏡後的眼睛看著她的一舉一動，想起小刊裡寫的一句話：寒冬漫漫夜色濃，人間初見，嫣紅似血若無情。

寒冬漫漫夜色濃，人間初見，嫣紅似血若無情。

有情，抑或無情，都在一面之間。
緣起，抑或緣滅，都在最初定局。

那一刻的初見，僅是點頭擦肩。
有情無情，緣起緣滅，都在初入繁華之際，沒入寂冬，塵埃落定。

幾些年歲後，不知，誰還掛記。

第三話　孤寂涼

一

「我原本以為妳只是叛逆一下，沒想到整個走偏了？妳現在不好好念書、不好好考試，還去當模特，妳還有沒有當學生的意識啊？」班導身子往後靠，有些無力，「模特的路走不久，妳難道要一輩子就這樣？只有高中學歷的話，在這個社會裡會很辛苦的。」

「究竟，」她輕聲開口，「為什麼要念大學？因為大家都念所以我也要念？這算什麼理由？因為現在沒有大學學歷找不到工作？那大學畢業就一定有工作了？讀到碩士去擺攤的也大有人在。還因為什麼？以前的人讀大學是為了自我精進，現在的人讀大學是必須、是趨勢，可最後，大學文憑只會變得不值，那大家又都要念研究所了？碩士文憑變得不值後，大家又都要念博士才行了？究竟學歷被看重多少？大概只有畢業後的一、兩年裡需要，不是嗎。」

這段話反倒讓班導陷入沉默。她只想到升學問題，下意識認為更深一步的人生規劃應該在大學去尋找。但是，戚茉的話，不全對也不全錯，而她問她為什麼要念大學，她回答不出。

「戚茉，我只是希望妳想清楚。然後，保護好自己。」她看這眼前這個轉變極大的學生，心裡也是感慨。她沒回話，班導又嘆了口氣，「回班上吧。」

班導會知道這件事，是因為班上同學。班上有些女生會定期追蹤時尚雜誌，而市場上最常看見的公司當然是Deus，所以她們大部分也都看Deus。當她們看到封面上竟然是自己的同班同學，當然是驚訝不已，無心地就和班導提起了這件事。

當戚茉回到班上，幾個女孩偷偷打量著她，心裡有些複雜。褪去妝容的戚茉，比照片上淡了些，卻沒有失了那份氣質和精緻。以前知道戚茉漂亮，但不知道她竟然會當上雜誌的模特。

「湯沂，妳知不知道戚茉當模特的事？」做題思緒被打斷讓湯沂蹙起眉，卻因為聽見了關鍵字而抬頭，「模特？」女生點點頭，「拍得好漂亮，身上的衣服都是有名的牌子。」

「在哪看到的？」

「雜誌上。這個。」她把雜誌遮遮掩掩地從抽屜拿出來，給湯沂看了封面，「不只封面，裡頭全是她。這會不會是她不念書的原因啊？準備出道當藝人了？」女生想從她這裡打聽出什麼，湯沂卻表示不關心，說了一句不清楚，就繼續看書。

「一定是了，沒想到戚茉還挺有本事的嘛，不過靠臉紅的人也不少。」她自言自語著，語氣卻酸得很。湯沂不耐地翻過書頁，「現在是自習課，能請妳安靜嗎？」

女生默了聲，轉過去嘴裡不知嘟噥著什麼。

湯沂煩悶地抬起頭深呼吸，視線往另一邊一瞥，正好與戚茉四目相交。戚茉似乎已經往她這裡望了一段時間。她們剛剛談論的話題她應該也猜到了吧，湯沂猜測。身邊的女生又開始碎唸，戚茉轉而看向她，兩人正好對上眼，女生說人壞話被瞧見，心虛得很，而戚茉怎麼會不明白她的舉動，只是看著她、挑起眉，神情冷漠。女生趕緊趴下裝睡。

湯沂斂下眼，遲遲沒有動筆寫字。她還記得，最後一次的模擬考成績出來時，自己看見成績鬆了一口氣。終於是滿級分。上次模考，班上只有戚茉一人拿到滿級分，她媽媽知道這件事後便更加要求她，要是再沒有滿級，她就真的要不知所措了。

而那時的她，看著班排名欄寫著的一，忽然覺得有些麻木。她何嘗不知，要不是戚茉這次缺考，她這個一哪能這樣輕易得到。現在的一，以前的一，她都清楚，自己的實力有限，但她只能告訴自己：湯沂，一定可以的，就快結束了。

／

「不好意思，戚茉不接廣告。是，不好意思。」姚風在電話裡有禮地拒絕廠商，一次又一次，一點也沒有不耐煩。

「這孩子，一點也不讓人失望。」來經紀部辦公室串門子的岳幕喝著咖啡。「岳姊，妳們到底把戚茉放在什麼定位啊？都不告訴我，只跟我說不能接廣告、不能上通告。我拒絕好多人了。」

「定位？」她放下咖啡，微笑，「妳看過言玄肆拍廣告嗎？妳看過他上通告嗎？」

「言玄肆？」姚風訝異，「是這樣的方向？」岳幕點頭，「這樣妳知道了吧。妳小心啊，要弄不好，人就換成許同學在帶了。」

公司的潛規則很多，大致上可以以模特的負責範圍去判斷模特的等級。就好比言玄肆，身為公司的首席，兼任伸展台模特，在大眾以及時尚界的人氣都很高，是公司的重點發展對象，拍廣告、上通告這些事他不需要，反倒拉低了格調。而像柳藝，雖然是首席，但不是伸展台模特，相對普通，偶爾接接廣告也能增加知名度。其他更下面的網拍小模，行程就更隨意，公司也不會太搭理。所以當岳幕拿言玄肆來做比喻的時候，姚風才如此訝異。這意味著，公司上頭的意思是要讓戚茉以後和言玄肆並肩，甚至是越過現在的柳藝，到更上面去。

「……這事，我一點也不知道。」

「妳不知道很正常，戚茉還在測試期。如果定下來了，妳們肯定不會這麼清閒。」

「其實我應該要知道的。」姚風嘆了口氣，對自己的不聰明有點不滿，「這麼快就有雜誌部找她拍小刊主題，她還另外有伸展台練習的課，上頭還說不能接廣告通告，這都很明顯才對。要不是妳們這幾個部長的默許，一個剛簽約的小模哪能有這麼多事。」岳幕拍拍她的肩膀，表示安慰，「妳算是半個新人，這些妳以後都會熟悉的，不用擔心。帶著戚茉好好努力，妳跟她都是值得投資的。」她點點頭，給她一個理解的笑容。

是啊，戚茉這麼一個被看重的模特交到她手上，不是好運、不是偶然，一定是她有能倚重的地方，才把這孩子交給她發光發熱。

所以，她要竭盡所能，去陪伴她。

／

晚上，湯沂從圖書館出來，走往家的方向，經過書店時忽然想起了那本雜誌，腳步停頓，猶豫了幾秒，轉身走進書店。雜誌區擺著各式各樣的雜誌，而Deus放在時尚區最顯眼的地方。湯沂伸手拿起「SeasonS」，端詳上頭的戚茉好一陣子，然後翻開內頁，一頁一頁地看過，看過那些她熟悉卻也不熟悉的臉龐。

時尚新人。他們在雜誌上這麼稱呼她。

「承受那些放棄的代價，然後重新來過。到那時候，妳才為自己活。」

所以，她放棄了原本走得好好的路，然後選擇了這個，是嗎。

選擇換上精緻的妝容，飾演著別人的角色，放棄從前的夢。

戚茉，妳決定要為了這樣的自己活嗎？

湯沂放下雜誌，快步走出書店，趕回家裡。

她有些難過。這個難過無以名狀。

她只是想，縱使戚茉選擇這樣的生活，她也是依著自己的想法去做，不管是以前還是現在，她都是耀眼的，或許以後會更加閃耀。而自己呢？時時刻刻埋在這些書本考試中，一次夢想也沒有過，自己的想法、也從無機會表達，像是倒數計時般，被動地等待解脫。

湯沂，妳要為了這樣的自己活嗎？

二

她推開咖啡館的門，熟悉的香氣撲鼻而來，讓她安心。程墨對她點了個頭，于萱則興奮地跑來她面前拉她的手，一邊笑著說，「戚茉我看見了，看見妳的照片了。真的真的很漂亮。」她拉著她走進員工休息室。

「老闆娘呢？」戚茉問。于萱微微一頓，有些無奈，「老闆娘最近心情不太好，妳等等看到她，如果她臉色不好，不要太介意。」說完，老闆娘就從洗手間出來，看見戚茉時神色微愣，不冷不熱地寒暄，「戚茉怎麼來了？」

「來店裡看看。看有沒有什麼能幫忙的。」

「妳已經不是這裡的員工了，妳也有妳的事要做。」戚茉聽出了其中的疏遠，有些不明所以，老闆娘微笑，「于萱，妳先出去做事，我有話跟戚茉說。」于萱感受到了冷下來的氛圍，只能僵硬地點頭、走出去、將門輕輕關上。

老闆娘坐在沙發上，也指指她對面的位子，「坐吧。」

她沒動，就站在那看著她。老闆娘也不強求，視線落在桌面，「妳心裡在怪我嗎？怪我的冷漠？」

「沒有。」她搖頭，「只是，不知道為什麼。」

「戚茉，妳一直都知道我的想法是什麼。我希望妳不要走捷徑，認為現在可以當模特賺錢，就把本分放掉。妳的年紀本該是學生、該讀書，往大學去，以後找份穩定的工作，生活才能穩定。」她抬頭看她，「我以為妳這個孩子願意向我打開一點心，我就有點資格可以以長輩的身分告訴妳一些事。但是，妳卻不聽我的話。」

戚茉看著她的眼睛，心重重地往下沉。

原來他們都一樣，都要她照著他們的方向走。

難道，她就真的錯了嗎？

失去一張文憑，她就毫無未來可言嗎？

「所以，既然如此，妳以後就不必來了。這裡的工作，不差妳一個人。」老闆娘站起身，把員工休息室的門打開，「出去吧。」戚茉蹙眉，眼眶微熱。她見她沒動，又催促她，「戚茉，出去。」

「老闆娘……」

她沒理她，逕自往外走，關上了燈，跟外頭的程墨說，「沒人就提早關門。等戚茉出去就關。」

她心裡一涼，低著頭就往外走，走出休息室，穿過曾經一起共事的員工，忽略于萱的叫喚，推開門走到外頭去，停在店外。突如其來的大雨淋在她身上，她卻動也不動，她感覺眼淚就要奪眶而出，緊咬著下唇忍著，然後她緩緩地轉身看著玻璃窗裡的他們，他們也默默地看著她，于萱難過的表情、程墨皺眉的樣子都清晰可見，淚滴終究還是混著雨水淌過臉頰。

他們曾接納她的傷口，在她失去雙親之後，是他們真心相待、給她一個容身之處，縱使她寡言、面容冷淡，他們也從未疏遠她。這樣的他們，如今卻和她相隔。

店裡的老闆娘說了些什麼，程墨面有難色地走到門邊，望著戚茉幾秒，拿著遙控器按下按鈕，鐵門緩緩地向下移動。老闆娘背過身去不再看她，鐵門漸漸擋去咖啡館裡的他們，將她隔絕在外。

雨打在身上，帶走了她的溫度，她的身體微微發顫，眼淚早已止不住。

「但是，妳卻不聽我的話。」

他們都一樣，也都不曾聽聽她的話。

都只讓她走。

戚茉回過頭，離開店門前，緩慢地往家的方向走。

她的世界，又再度被大雨籠罩，沒了光和溫度，又是她一個人。

／

他坐在沙發，背靠著椅背，雙手插在口袋裡，整個人像是定格般，仰著視線，望著偌大的、璀璨得刺眼的水晶燈。他額前的黑髮稍稍遮住他的眼，也為他擋去了一些光。一整身黑衣黑褲還沾染著外頭的清冷，卻比不上眼裡的寒。

開門聲傳入他耳裡，接著就是一句疑問，「玄肆？你怎麼回來了？」

言似清手提著公事包，走到沙發旁，沙發上的人沒動也沒說話。他轉過身讓家裡的僕人去休息，客廳裡就只剩他們倆。言似清放下公事包，「餓不餓？我煮宵夜吧，雖然我只會煮泡麵。」

他還是沒答話。

「玄肆。」他站到他面前，擋住他的視線。

兩人對峙許久。

「我剛剛，」他終於開口，「吵了一架。挺累的。」

「他們又幹什麼了？」

言玄肆靜靜地笑，「全燒了。我燒的。」他蹙眉，「什麼？」

「二樓右邊走廊盡頭的房間，已經什麼都沒有了。」言玄肆笑得更張狂，「他們說這些東西留著沒有用，要丟，除非我答應妥協，東西才能夠留下來。」

言似清的手下意識地握起拳，沒說話。

「丟？何必那麼辛苦？全燒了不就得了，一勞永逸，不是嗎？」

「說什麼家人，你們只是一群共犯罷了。」

「東西都在後院，成灰了，我親手丟的、火也是我放的，跟以前一樣，他們總是撇得乾乾淨淨的，都是我自己做的、我自己回來的、我自己造成的。」他斂起笑，站起身，微低著頭看他，「哥。一個人想要守住東西，如果沒有能力，就只能步步退讓。當有一天，想要守住的東西沒有了，就沒有退讓的理由了。」

他往門口走去，手握上門把，又想到了什麼而回過頭，「相對的，當能威脅的東西越來越少的時候，最好確認，自己手上還有籌碼。」

一陣風從打開的門吹進屋內，而人已走進冷風中。

言似清神色一黯，邁步就往二樓走。

當他走進那間房間，心便完全冷了下來。他走到房間中央，環視周遭的牆壁，那裡曾經掛著一幅又一幅的畫作，都曾經是言玄肆生活的軌跡。

當他還是幼時孩兒時，曾天真地告訴自己他想要當個畫家，他有夢有天賦，自己一直都羨慕他、也支持他，那時自己也只是個孩子，以為家裡理當不會拒絕他們的願望。後來，才明白一切都是那麼複雜，人與人之間隔著好幾層親與疏的關係，把人都隔遠了。生活在一起的家人，其實各有心思，讓他們也變得不再簡單。再後來，當他和他的母親在國外顛沛流離，繪畫成為他唯一的心靈寄託。最後，卻被剝奪。他不再畫畫。

後來又後來，他的母親遭逢變故，他回國，那些畫就放在這間房間。除去打掃的僕人，這個家沒有人會進來，只有似清自己，會來看看年少的玄肆。

那些畫，都是玄肆的心，快樂的日子都在他的畫裡，他想念的母親也在畫裡，而至今，卻被逼著放棄，甚至親手毀去。

言似清走向窗邊，把窗戶打開、往下看去，灰燼仍在院子裡，僕人們正在清掃著。他找了個角落坐下，看著月光把房間的黑暗驅趕。許久，外頭的雨並沒有變小，仍然將世界沖刷著。他起身，走出房間，將房門上了鎖。

長廊上一片安靜，彷彿和外面是兩個世界。

言似清輕聲走回自己的房間，黑暗和死寂似乎就要將他窒息。

這樣的家，他居然也待了快三十年。

／

戚茉就這樣濕著衣服，站在窗邊，想著，他們出車禍的那一晚也是這樣的傾盆大雨。

外頭、連同整個房子，她都躲不掉。躲不掉那些排山倒樹而來的回憶，它們不停地要她回去，拖行著她，讓她疼、疼得害怕。十八年來的生活都化作一條繩索，時不時地勒緊她，似乎要置她於死地，昔時有多幸福快樂，今日就有多悲涼難捱。

毫無盡頭似地，只要活著，就如影相隨。

三

凌晨，雜誌部會議室。

「讓戚茉去做。」部長坐在首位，對與會員工的黑眼圈視而不見。

「柳藝不會退讓的。」縱使黑眼圈非常明顯，總編一點也沒有體力不支的狀況，「國外發行的Deus，取向不同，而國內區的頁面也有限，不是雜誌首席來拍攝，這說不過去。」

「再怎麼有資歷，也要尊重公司決策。是公司簽她，不是她來支撐公司。柳藝她，」部長若有所思，手指無意識地點著桌面，「不夠。」

一些資深的員工都明白，但剛進來的人卻還在五里霧中，偷偷問著旁邊的人，「不夠什麼？」這竊竊私語的音量大了些，沒等到旁邊的人，部長就回答，「視覺感不夠強烈。」

事實說得太過明白，會議室的大家都陷入沉默。

柳藝在鏡頭前是優雅的、是漂亮的，適合各式各樣柔和的主題。但在最新一期的SeasonS裡，戚茉太讓人印象深刻。一個剛簽約的新人在鏡頭前意外地有很多情緒表達，這些表達很鮮活、很到味，輕而易舉地使人感染主題的氛圍，輕而易舉地就記住了她。

當這樣的一個人出現時，難道要捨棄不用嗎？

「可是柳藝——」

「讓她們都拍，」部長勾起嘴角，「親眼見證，最能讓人心服口服。」

「我明白了。等等從模特宿舍帶他們過去。」許靜放下室內電話，辦公室另一邊的姚風也正好掛上電話。她們倆對看一眼，許靜已經了然。她什麼話也沒說，起身走出去。姚風也隱隱約約猜到了。她撥了戚茉的手機，「戚茉，準備一下，我去接妳，臨時有個拍攝，非常重要。」

「在哪裡？」她的聲音聽起來有些低。

「A1攝影棚。」

「妳不用過來了，我人在附近，門口等妳。」

「啊？好。」姚風趕緊收拾東西，「我很快到。」她沒問為什麼戚茉在凌晨這個時間點會在外頭，她只想趕快過去，對於心裡的感覺很不安。而當她到達的時候看見的是這樣的場景：戚茉穿著薄博的長袖T-shirt，立在寒風中，雙眼沒有焦距地望著地面的方向不動，頭髮被吹亂了她也不去理會，就靜靜地靠著建築外牆。

「戚茉，」她跑向她，把身上的外套直往她身上套，「怎麼沒穿外套，妳知道現在幾度嗎？要是感冒了——」她的手碰上她的臉頰，感受到燙人的溫度，「妳發燒？戚茉？」她看清楚了戚茉臉上麻木不仁的表情，就連眼睛也沒看自己一眼，「戚茉，妳還好嗎？」

「我們進去吧。」她轉身要往門口走，卻聽見了一個聲音，「要是生病了就回去。」

言玄肆和柳藝站在路邊，而許靜剛從車上下來。前面兩人顯然是聽見了剛剛姚風的話，「不要不在狀況還浪費別人的時間。」姚風皺眉，「戚茉，進去。我去買藥給妳，一會兒回來。」

戚茉看了言玄肆一眼，把他的話當空氣似地，轉身直往門口走。

那一眼的倔強，讓他心裡微微一動。

戚茉一進到棚裡，工作人員都在，看見了她、都向她點頭，而她以欠身回應。上次拍攝結束後，她也是向他們微微欠身敬禮作為感謝的表示，便是這一個欠身的動作，讓工作人員們不再因為她的面無表情而對她有所遠離。

她走往模特休息區，在一處角落坐下。

言玄肆和柳藝也走過來，後頭跟著雜誌部講解的人。他們一一坐下，柳藝還微笑著告訴她：「戚茉，不舒服要說，不要硬撐，身體最重要。」

她的眼斂著，「沒事。」

見三人都準備好了，講解就開始，「國外的雜誌，國內區只會有幾頁，整體風格有點類似這次小刊的主題，但是小刊比較沉溺在負面情緒，但這次還有點倔強、自信，以黑、紅、嫩綠為主要色調。分為個人和兩人，男角已經確定，而女角，需要看拍攝出來的效果再做決定。以上，有任何問題嗎？」

柳藝愣了愣，臉色有些不對。

「我先來吧。」言玄肆自顧自地走向更衣室。

柳藝看了一眼戚茉，沒有笑容，她轉過頭跟工作人員道，「麻煩，先讓我看看衣服。」工作人員帶著她離開。

姚風這時回來了，又帶了一件比較厚的羽絨外套，在她身邊坐下，「來，換上這件。」她替她換上後，又從塑膠袋裡拿出一個三明治，放在她腿上，再拿出水和藥，「妳先吃點東西，然後等等空檔吃藥。」最後拆開了退燒貼布，小心翼翼地靠近她的額頭並貼上。在一切都好了之後，她才問道，「戚茉，妳能不能告訴我，妳這個時間點為什麼不在家而在這附近？」

她抬眼看她，又低下頭。待在家裡太難捱，只好漫無目的地在外頭走著，卻不知不覺走到這裡。她本該這樣回答姚風，最後卻只搖搖頭，沒說話。

「妳連妳自己發燒都不知道？妳應該要好好照顧自己。」姚風看她一點反應都沒有，考慮她在生病，怒氣就不好發作，只好賭氣似地，「要是難過，這次我們就不拍了。總有下次機會，身體是最重要的，妳顧不好自己的身體，工作就不用談了。妳聽到了嗎？」

照樣沒有回答，三明治也沒有動過，她只打開寶特瓶，喝了一口的水，看見了言玄肆換好衣服也上好妝、從化妝室走出來，她也起身，走往螢幕的方向。邁了幾步，她轉身看著姚風，「姚姊，全都不一樣了。」

這次拍攝的攝影師依舊是易源溟。

拍攝的過程中，戚茉就站在顯示照片的螢幕前，看著一張一張言玄肆的照片，慢慢對主題有了感覺。言玄肆個人的拍攝速度依舊很快，加上換衣服的時間，不過也才半個小時多的時間。當他和易源溟走過來查看的時候，戚茉還站在那。易源溟認出了她，對她笑笑，「戚茉，我們這麼快就見面了。」戚茉向他點個頭，讓出位子，站在一邊。他們開始討論剛剛拍的作品，戚茉默默聽著。很快地，就換柳藝要上場。

易源溟拿起相機，又向她笑一笑，人就去進行柳藝的拍攝。

而言玄肆看著她，語氣也不像在門口時那麼冷淡，「不舒服嗎？」

戚茉搖頭，「不會影響拍攝。」

「那就最好。」

「放鬆點，多些情緒。」

「笑容少一些。再憂鬱一點。」

「好。」

「表情太柔和了。」

一連串的引導顯得柳藝的拍攝進行並不順利。易源溟有些尷尬。她和主題的要求總是差一點，往常的表現都不錯，但這次是她不習慣的主題，似乎顯得有些吃力，給過又沒達到感覺、不給過又太過苛刻。

花了一個多小時，她的拍攝終於結束。柳藝的心情不大好。與戚茉擦肩的時候也沒多說話。

戚茉走到鏡頭前作準備，易源溟倒不擔心她，輕鬆地說，「戚茉，小姚說妳身體不大舒服，拍攝過程中如果要休息就說一聲，不是大事。」

「明白。」

「那就開始吧。」

柳藝冷冷地看著她，聽著易源溟一次次的快門聲，心裡不禁煩躁。她第一次親眼看見戚茉的拍攝，從沒想過這個新人能在鏡頭前如此自然，拍攝速度近乎言玄肆，半點攝影師的引導也不用。而這樣的戚茉更是讓易源溟驚艷，她像是換了一個人似地，比之前第一次拍攝時放開了許多，無比叛逆、自信，給人的感覺強烈。

而且狠。

易源溟默默放下在眼前的相機，提了個要求，「……戚茉，妳能笑嗎？我覺得，妳如果能笑，笑得狠、笑得不屑、笑得厭世，這主題就完好了。」

易源溟提這個要求時是小心翼翼地，姚風和其他見證過第一次拍攝的人都有些愣，也緊張，紛紛將目光放在戚茉身上。從他們第一次見戚茉開始，從沒見她笑過。如果她笑，會是什麼樣子？每個人都在心裡疑惑。

「妳能承受鏡頭前的自己嗎？模特跟演員說不一樣但也有相似之處，就是無法做自己，妳必須貼合主題風格，必須接受眼光，必須明白逢場作戲，只為了拍出完好的作品。」

許靜的聲音在她的腦中響起。

「妳如果能笑，笑得狠、笑得不屑、笑得厭世，這主題就完好了。」

「……可以，」她抬眼直視著他，「我可以。」

她已選擇了這條路，再沒有回頭的理由，逢場作戲，又有何不能？

四

「好，」他緩緩點頭，「妳醞釀好了就自己開始，我會跟著妳。」

戚茉壓下暈眩的感覺，側過身、低著頭，將自己投入在狀態中。她的腦中，記憶蜂擁而至。大雨傾盆時，半夜的通知電話；手術室前的哭喊聲；無數夜晚的夢魘；心理作用的乾嘔難受；燒遍自己曾經的火光；踩過滿地玻璃的疼痛；與朋友的分道揚鑣、與咖啡館他們的形同陌路。

全都，不一樣了。

她仍低著頭，嘴角靜靜揚起。易源溟看見了，自己移動著捕捉角度，並沒有說話打擾她。戚茉揚起臉，望著亮得刺眼的燈，笑容漸漸變大，她笑得自信卻也狂妄，不可一世、滿是張狂。

只有她自己知道，這是為了她諷刺的人生而笑，笑它太可笑。

這一刻，姚風才明白戚茉的異常。

今天的戚茉，沒有心。

在冷風中、在角落裡、在和自己說話的時候、在拍攝的過程中、甚至是現在笑著的時候，都沒有心。像失去靈魂一般。可這樣的她，卻將拍攝的角色設定呈現得很好。

姚風忽然有些害怕，這樣的她要走向高處，就必須捨去一些東西去換回完美。連結早上的種種狀況，她不敢猜想，此刻耀眼的她，是否已經有了代價？

戚茉的拍攝結束。

雜誌部的人比較了柳藝和戚茉的作品，選出了戚茉與言玄肆做搭配。柳藝本想一個新人哪夠格拍這樣的雜誌，但作品擺在眼前、對比強烈，她實在不能再說什麼，否則都是自取其辱。她婉約一笑，「有更好的作品，當然要退讓。那，我就先回去了。」她的視線對上易源溟，笑容不變，「易老師，辛苦你了，我先走了。」

柳藝離開現場，幾個易源溟身邊協助拍攝的小助理竊竊私語，「還以為會生氣呢，沒想到柳藝人還挺好的。」

「是啊是啊。」

易源溟咳了一聲，「還要繼續拍攝，不要偷聊天。」

拍攝組準備時，言玄肆和戚茉都站在佈景裡等待。

「燒退了嗎？」言玄肆也不知道自己為什麼特別有耐心關心她。而她聽到他發問，便轉過來，摸了摸自己的額頭，「不知道。」他面無表情地伸手，手背靠上她額頭，突然被碰觸，戚茉皺眉卻也沒動。他很快就移開，「沒退。」

「言玄肆。」戚茉看著他，「你，很喜歡《咆哮山莊》？」

「倒算不上喜歡。」

「因為相像。」她冷漠的聲音穿進他耳裡，他靜靜地笑了。

他理解過來了，為何自己會對她那倔強的一眼有所感覺。

因為自己，也曾經是那樣。

「Heaven did not seem to be my home; and I broke my heart with weeping to come back to earth.」她的

聲音只有兩人聽見。而易源溟的聲音同時傳了過來，宣布新的拍攝開始。

言玄肆為了動作需求，站在她身後，一手從後頭抱住她的腰，一手遮住她的眼睛，傾身將臉龐貼近她耳畔，「笑。」

戚茉揚起嘴角，誰都看不見被擋住的眼睛裡毫無笑意。

快門聲響起，言玄肆的聲音又傳來，「妳找到妳的人間了嗎？」他們換了一個又一個動作，在他隱約的帶領下，兩個人顯得默契。在做最後一個動作時，戚茉在他耳邊開口，「有些分界，並不需要以生死作為間隔。」言玄肆知趣地笑，「戚茉，今天第一次見面。很高興認識妳。」

不須以身體的生死為間隔，她終於也在流淚與心碎之後、重回她的人間。

以今日為界，戚茉已死、戚茉已生。

／

柳藝回到宿舍，將鞋子脫下、放進鞋櫃擺好，而後走進客廳，將包包放在沙發上，轉身給自己倒了一杯水，坐回沙發。

滿身的疲倦感。

她靠著椅背，閉上眼睛。雖然是早上，卻因為落地窗的窗簾沒有拉開，整個屋內都是暗的。柳藝在宿舍時非必要就不會開燈，也不會拉開窗簾。她討厭光。在鎂光燈前待久了，對光都是反感的，好似有光、自己就必須笑、就必須是人前的柳藝，永遠的優雅溫柔、待人和善。

她進屋時忘記打開室內暖氣，感覺到溫度有些低，但是遙控器離自己太遠，她只懨懨地拉過一邊的毯子蓋在身上。喝的水也是涼的，讓她心煩。乾脆放在桌上，不再碰它。

早晨的拍攝讓她很在意。自己的表現不至於完全不合格，只不過是對手太強勁，而她也輕敵。

那個戚茉，到底是什麼人？

毫無預警地就出現，第一個正式作品就是一整本小刊，許姊看好她、易源溟滿意她、言玄肆稱讚她，現在她和自己搶了國外分公司的雜誌版面，這個機會的曝光度有多高她一直都很清楚。一個名不見經傳的新人、出現不到半年的時間，就這麼頂替了她。

她這些年的辛苦，算什麼？

可自己也親眼看見了她拍出來的東西，不甘願、卻也必須服氣。

她深深地嘆了一口氣，眉緊緊地蹙著，心裡堵得慌，卻沒有辦法發洩。忽地，手機的鈴聲響起，她把包包的東西都倒出來，手機也掉在沙發上。她直接按下擴音接聽，「許姊。」

「做好自己的事就好。不要貪心，記得吧？」

她的手漸漸收緊，過於用力、關節都泛白，默了幾秒才輕聲說道，「許姊，妳不可以放棄我。」

「柳藝——」

「我知道雜誌部今天的作為是為了要讓我服氣。他們早就選好戚茉，而不是我。他們只是要讓我明白，這樣就可以省去解釋的時間和精力，讓我自己退後。」她努力抑制住自己的情緒，「我今天退了，但我不會讓自己一退再退，許姊，我需要妳。」

電話一頭的許靜閉了閉眼，選擇告訴她現實，「柳藝。只要我還是妳的經紀人，我就會幫妳。而妳很清楚，在這個圈子，適者生存、不適者淘汰，總有人要離開。當妳沒辦法為了公司創造利益的時候，很現實的，妳就沒有我幫助的價值，到那個時候談不上放棄，就只是取捨問題。」

柳藝鬆開手，呢喃著許靜的話，「當我沒辦法為了公司創造利益的時候……」

「妳和戚茉，最和平的發展就是並重。」她繼續說，「妳們的領域和風格不太一樣，公司希望能盡一切把妳們發展到最好。今天這樣看下來，戚茉的能力極限目前還是未知數，她如果一直成長下去，變成近乎全能的模特，就是妳搖搖欲墜的時候。所以，不要貪心，」她非常冷靜地分析著，「不要顧著和戚茉做比較，增加自己的能力和價值，自己擁有的、才是真實握有的籌碼。讓公司捨不得、也不能放棄妳，妳才不會有被放棄的擔心。」

柳藝深呼吸著，閉上眼，慢慢讓自己恢復平靜。許久，她才出了聲，「我知道了……」

五

「凌晨是不是出了什麼事？」姚風把毯子蓋在她身上，再幫她把副駕的椅子弄平，看著她因為發燒而泛紅的臉龐，又用濕紙巾幫她擦擦額頭，「戚茉，能不能告訴我？」

「姚姊，」她側頭看她，眼神已經有點渙散，「妳能不能說說話。我不太容易睡著。」她默了默，自己也把身子擺正坐好，「好。正好我也想和妳說些話。」

「嗯？」戚茉閉上眼睛。

姚風放鬆地將頭靠著椅背，緩緩道，「妳不喜歡醫院，我可以不讓妳去，我照顧妳；妳抱病工作，我可以支持妳，幫妳準備好所有東西；有些話妳不想說，我不勉強，我就聽妳想說的話。

「戚茉，我想做的只是、在這條路上陪伴妳，妳能走得多遠、我就跟妳走得多遠，雖然身為經紀人說這樣的話不太好，不過，我不想保證妳的輝煌，我只想確保妳的安穩。今天看妳拍攝時，這個想法一直在我腦海裡，越來越深刻。

「今天以前，不知道妳曾發生了什麼事，如何難過、如何度過，那些或許很難忘卻，但是，我想說的是，今天以後，妳真的、不會是一個人。」

戚茉緩緩睜開眼睛，看著前方，輕聲地說，「可是姚姊，我們都不知道未來。幾個月前，我從沒想過我會過這樣的生活，昨晚以前，我也沒想過熟悉的事物會這樣消失。人應該要懂得教訓，而不是一而再、再而三地陷入希望和失望的輪迴中。我真怕，人心會變、說走就走。我情願，我是走得太快的那一個人，我不想被留在原地。」藥效漸漸出現了，她的眼皮越來越重，聲音也越來越輕，「所以，姚姊，對不起……」

「沒關係，戚茉，沒關係。」她幫她擦了擦汗。

雖然心裡有些受傷，但是她知道戚茉需要時間，才不會把自己越推越遠。

／

Stella公司。

掌權人舒呈在網路上看著業界新聞，皺眉。旁邊的經理大氣也不敢出。

「Deus除了言玄肆，還出現了這什麼人？」

「那人是柳藝。」經理看見螢幕上的圖片是Deus最新發行的主要雜誌「Deus」封面，就以為他問的是封面的女人，便回答。舒呈笑，「你以為我是第一天出來混的？」

「不敢。」

他若有所思地看著螢幕，「言玄肆的約，到什麼時候？」

「聽說，這次新簽的，是兩年的約。」

「那也該是時候了。他們也真是好運氣。」

「總經理說的，是什麼意思？」他冷笑，「我們公司招的都是什麼人，沒有觀察力，連執行力都沒有。」他向他招手，指了指螢幕，畫面同樣是封面圖，只是他要他看的是圖片下面的新聞條：Deus新人首度拍攝「SeasonS」，迴響受到好評，前景值得期待。

「再看看下面的。」

他往下看，臉瞬間黑了，標題這樣寫：Stella模特舒乙莘嗆聲知名攝影師，憤怒摔名貴器材。

「看清楚了？」舒呈把他推開，「外行的不知道就算了，你要是也不知道新人第一次就拍SeasonS這意味著什麼，你也可以滾了。這人從沒看過，忽然這麼出現，你們就不能眼睛放亮點？之前一點風聲也沒有，也不是他們公司的培育生，這時候不就是要查出這人底細是什麼嗎？你還把那個柳藝放在眼裡？」沒等他回答他又繼續說，「還有，明明乙莘的新聞之前都壓下去了，就因為他們這次發布的新聞連帶那些亂七八糟的東西也再被拿出來衝瀏覽率，我記得我當初要求的是新聞消失，不是新聞隱藏。」

經理頭也不敢抬，只能默默挨罵。舒呈瞥了他一眼，「我們公司沒有言玄肆，一直以來都追在Deus後面跑。現在言玄肆也要到盡頭了，他們又出來個戚茉，雖然還是個不成氣候的丫頭，但柳藝多少也能撐些時間。難道，我們公司真的一點人才也沒有？」

「我們走的方向多少也跟他們不同。」

「讓乙苹去吧。」舒呈拿下眼鏡，壓了壓鼻樑，「她絕對贏不了柳藝和戚茉，但是，不能放棄這個機會，等到戚茉崛起，就真的追不上了。」他重新戴上眼睛，「讓乙苹斂斂脾氣，她要是表現好，她要什麼就給她什麼。」

／

對湯沂來說，她這一生沒有比今天更重要的日子。

寒流來襲，低溫下探十度，但今天卻是考學測的日子。一大早寒風就吹得人發顫，等到湯沂和母親到達考場，天空便下起綿綿細雨，讓體感溫度更低了些。她靠著牆，捧著書在看。

忽然身邊有些躁動，她蹙著眉，仍看著自己的書，耳朵卻無法避免地聽見別人的碎語：「是她啊，拍雜誌的那個。」

「不會吧，她是高中生？」

湯沂抬起頭，看見不遠處的戚茉就站在她面前，面無表情地和她旁邊的人說話。

「妳認識那個人？」她母親見她分心，就沒好氣地問。她的眼睫毛顫了顫，低頭看書，佯裝無所謂地說，「她是戚茉啊。現在當了模特，來學校也不聽課。」

她母親看了下，覺得真的有些面熟，但聽到模特兩個字臉色就不好看了，「妳應該沒跟她一起吧？學生不上課，沒本分。妳就該離她遠一些——」

「媽，我都知道。妳讓我複習吧。」湯沂冷冷地說。

戚茉穿得很簡單，臉上也沒有化妝，就跟平常一樣。是姚風陪她來考場的。

「我以為妳連考場都不會想來。畢竟妳說不上大學。」

「我只是，來圓他們的一個願望罷了。」她看著教室裡的課桌椅。

「考完就輕鬆了。我們戚茉一定要好好考試。」

「姚姊，我其實討厭上學。」她看了看時間，距離考試開始還有一段時間。她手裡還握著姚風買給她的熱奶茶，忽然就想說話，「成績、出缺席、學分規定、各種加分，都把「學習」這件事變得複雜且勢利，或許人有惰性，所以需要這些東西，但我不喜歡，也不需要。然而這個社會需要。大學對我來說就只是被安排的一項事務，他們擔心我的未來，我也可以因此去念，但是，現在沒必要了。他們走了，我也走了。而且，我也得自己賺錢，而我想學的東西，太奢侈，我知道。可即便如此，我也至少想自己選擇一次。如果這真的是錯誤的選擇，我也會去承擔。現在，我只想做好我正在做的，好好把路走好。」

姚風從頭到尾都很專注地看著她、聽著她，沒有躲避她的眼神、沒有打斷她。在她把所有都說完後，她對她微笑，一個非常真誠的微笑，「戚茉，謝謝妳告訴我。我明白了，妳的想法。能遇見妳這樣的孩子，我很幸運，因為，妳很勇敢。」

戚茉看著她想，打開心，或許會受傷，但這一次的自己，確實是被好好地承接住了。

六

做為考場的教室即使把門窗都關緊，寒冷的氣息還是充斥在室內。湯沂的手凍得有點僵，但還是努力地將作文寫到最好。她聽見自己的心臟跳得極快，像是催促她一般，不停地撞擊她的胸口。她深呼吸著，檢查的目光停在兩個選項中，一直猶豫著。她不能失去這個分數，要是差了一分，就會掉了一級也說不定。最後兩分鐘，她決定將答案改掉，寫上另一個。

鐘聲響起，監考老師站回講台，「請所有考生停筆，不再作答，雙手離開桌面，謝謝。」

湯沂靠向椅背，整個人放鬆了下來，斂下的目光瞥到了作文試題上的引導語句，身體僵住，又看了幾眼。

——請針對引起的影響作論述，並闡述自己的想法。

引起的影響。

湯沂的視線停在這五個字上，腦袋一片空白。這時，收卷老師把她的卷子收走了，她心裡開始焦慮不安。剛剛考試的時候，她根本就沒有看見這句話，作文裡連提都沒提到。是看得太急了嗎，還是不夠專心，犯了這樣致命的錯誤。作文是分數的關鍵，要是偏題、離題，分數不高，更不用提……

她失魂落魄地走出教室，迎上她母親的詢問，她只說道，「讓我準備下一科吧。」

她甚至不敢跟她母親說出她的不安，作文失常了、滿級分沒有了，她都不敢說。只能看著下一個考科的參考書，卻一個字也沒讀進去。

姚風幫戚茉拎著包，在她出教室後幫她圍了圍巾。

「還好吧？一陣子沒讀書了。」

「國文還可以。」她在階梯上坐下，「雖然有一陣子沒讀書，但是考前翻一翻就差不多了。」

「妳到底有多聰明？測過智商沒有？」姚風笑道，和她一起坐在樓梯上。「學校測過了，但結果我不知道。學校都不會告訴我們。」戚茉聳肩，「反正就是個數字，沒什麼好在意的。姚姊，妳到底在開心什麼？」

「妳會跟我這樣說話我很開心啊。啊，還有，」她拿出筆記本，「岳姊說了，如果這次國際版的雜誌、就是妳上次和言玄肆拍的，推行受到好評的話，新春展的伸展台妳就可以上場了，雖然是在國內，但都是專業人士，等級更高。」

「所以？」她翻著英文單字。

「所以，這表示，從SeasonS到國際版，從平面到伸展台，Deus對於妳的所有先發、全部到位。戚茉，妳的行程、可以全面開始了。」

學測總共兩天的時間，對湯沂來說是漫長的煎熬。自從第一科國文的失誤後，她知道自己不在狀態裡，卻沒辦法控制好自己的心理狀況，速度失常、準度失常，她讓自己很不安，她的母親又使她更加焦慮，她整個人處在緊繃的狀態下，壓力很大。

她不希望自己功虧一簣，明明上次模擬考就可以得到滿級分，明明可以的。

可是自己，卻做不到。

她在考卷上寫寫畫畫的手頓住，停留在題目的視線漸漸模糊，她趕緊低頭閉了閉眼睛，眼淚卻冷不防地掉下來。

沒有時間了，湯沂，妳沒有時間了。

她把眼淚擦掉，又開始算著一題又一題的化學和物理，心裡慌著、頭腦也轉不快，她知道自己玩完了，徹底地、毀了。

「媽媽我只接受第一志願。花這麼多錢在妳身上，妳總要給我們一點成果。」

她給不了。

她母親要的成果，她給不了她。

／

過年前一周，是國際版在外發行的日子，也是戚茉正式進入伸展台組的日子。

岳幕滿臉笑意、心情很好地翻了翻手裡頭的紙張資料，抬頭面向眼前排列整齊的模特們，她先向言玄肆打了個招呼，「玄肆，很高興見到你在這裡。」

「新春展，這是盛會，一定不會缺席的，岳姊。」

伸展台組包括大大小小的走秀，言玄肆這種涉獵三大方向的模特，有時走秀要看行程安排，不是每場都會上台，有時他心情不好，總是會遲到，雖不至於推掉出場，但還是會有點小麻煩。

「今天就是為了二月中的新春展而召集大家，辛苦大家要犧牲過年時間參與彩排，不過除夕夜和大年初一給大家放假。」她望了眼手機，繼續說道，「有些新人，前輩要多擔待些，伸展台組最需要團隊合作，這一點我也很相信我的團隊。」後排幾個剛被挑選進來的伸展台模特靦腆地笑。

「設計師後天就會到，試衣、定裝，這些希望大家都不要缺席，」她朝助理揮了揮手，「行程表現在發下去，注意自己的部分，如果臨時有更動，都會電話通知。沒什麼問題的話，宣布事項到此為止。」她雙手插進口袋，「另外，我們有位新人，大家若是關注公司新聞，對她一定不陌生。」她朝門外招招手，「進來吧。」

戚茉踏進房間，第一眼便看見言玄肆，兩人視線相交。

「她是戚茉。今天開始，參與新春展的彩排，以後，也是伸展台組的一員。不過身分比較特殊，跟玄肆、是同事。」

這個暗示非常明顯，大家都認真地打量她。

戚茉也不辜負這些眼光，抬頭挺胸，嘴角勾起，「請多指教，我是戚茉。」

迷人卻有毒，笑得漂亮、笑得冷冽。

言玄肆默默地望著她，視線一斂，也安靜地笑了。

／

二月中旬，學校開學。

成績單在第一時間便寄到學校，湯沂看著自己的成績單愣了整整一節課，她頭一次想逃家。

她把成績單一折一折地折小，深怕別人見到她的成績。

她離開教室往廁所走去，正要跨出門口，她鬼使神差地望向空無一人的座位，瞧了瞧周圍沒有人注意她，她便走過去，拿起桌面上的成績單一看。湯沂的手止不住地發抖，一用力成績單就在她手裡被揉出皺褶。

她知道自己失控了，趕緊鬆開手，把東西一丟，人就跑出教室。直到跑到空曠的操場才停下來。她大口大口地喘氣，連帶眼淚也掉了下來。

為什麼？努力的明明是她，為什麼是戚茉？為什麼偏偏是放棄了的戚茉？

她蹲下來捂住臉，不能自已地大哭。

湯沂再醒過來時，人已經在家。

「妳暈倒在操場了。」她的母親在她床邊，有些冷淡地說，「小沂，妳能不能告訴媽媽，這是什麼？」她從她母親攤開的掌心裡看見的，是她折了又折的成績單。

「妳以為這樣，媽媽就不會知道了嗎？」

湯沂的視線一直定在那張成績單上，神情恍惚。

「湯沂，妳一直在說謊嗎？說有在努力、有在念書，可這是什麼？這樣的成績真的就是努力過後的成果嗎？」她母親的聲音越來越冷漠。

「是。」她輕聲開口，眼淚就順著臉頰滑落，「我努力了，很努力、很努力了……」

「說謊。」她母親把成績單攤平，在她眼前揮了揮，「湯沂，妳真令我失望。」

「我很努力了……」

「那個慼茉，考得如何？妳最好老實回答。」湯沂看向她，眼裡寫滿陌生，「她，滿級分。」她母親聽了，一失控手就往她臉頰打，「別人考得到妳為什麼考不到！妳都說她是不聽課的人了，妳連她都不如。我給妳這麼多，妳就是這樣回報我的？滿級，就只是滿級而已，妳卻做不到！」湯沂側著臉沒反抗、沒說話、沒動靜，她感受不到疼，只知道眼淚不停地流。

就只是、滿級而已。

可是那個「而已」，有多難、多不容易……

湯沂，妳真的都是活該。

活該把自己，埋在別人的期望裡。

／

我們都會記得那一場黑暗中，那個椎心刺骨的寒。

是絕望使自己重生，是疼痛使自己看清。

輾轉荒途孤寂涼，傷心欲絕處，莫尋歸途——

我們，在活之前，

都先死去過。

第四話　不知所起

一

半年多後。九月中。

「終於結束了。」女孩拆著耳環，鬆了口氣地笑。

「這次也很成功呢。」一旁的夥伴用手肘碰碰她，小聲地，「岳姊心情很好。」

大家陸續從後台下來，都是滿意的笑容。一些女孩們加入她們的話題，「當然成功啊，我們彩排多認真啊，設計師也很辛苦地把服裝做到最好。雖然每次都很受好評，但是從上次新春展後就一直被討論呢我們。」

「那位來了以後，就不一樣了。」

「就是啊——」聽到了動靜，女孩們的話題忽然打住，幾個人連忙向連接後台的門口彎腰、敬禮，此起彼落的聲音低聲響起，「辛苦了。」

剛下階梯的戚茉往她們看去，點了個頭，「嗯。你們也辛苦。」人就往休息室的方向走。

「之前剛見的時候，還以為像傳聞一樣可怕，結果相處下來，人也不壞。」

「岳姊說得挺對，只是沒什麼表情、話少了些，可是待人也不差。」

「而且，她真的很漂亮。」一個女孩默默地開口。大家聽了都笑了，她身後的人拍拍她，「妳傻啊，不漂亮能紅這麼快嗎？漂亮也是實力，而且人家前輩是真的實力擺在那，還能跟玄肆前輩一起受訪。擔當的項目都快跟首席差不多了呢。」

休息室裡，戚茉剛把耳環摘下，姚風就開門進來，笑著走到她身旁接過她的耳環，「伸展台組的慶功宴去不去？」她再摘下手環，放在桌上，「不去。」

「新春展妳不去，秋季展妳也不去？」她打趣道，「小女孩們好像很崇拜妳。」戚茉瞥了她一眼，撥了撥長髮，有些無奈，「她們幾乎都比我大，有什麼好崇拜的。」

「畢竟也才二十幾歲，天真爛漫還是有一些的。」姚風幫她收拾首飾，拍拍她的手，「年齡只是參考，不是絕對。」戚茉看了一眼鏡子裡的自己，精緻妝容、迷人帶有侵略性，這幾乎就是Deus為她定下的風格。卻不是她這年紀該有的風格。但她不討厭，反倒覺得省事。

「送我回宿舍吧。」她轉頭往門口走，拿起自己的包，「下半季的拍攝計畫出來了？」

「出來了，我等等拿給妳。」

新春展後，戚茉就搬進了模特宿舍。一半是因為姚風的要求，畢竟漸漸有了人氣，讓她一個人住、一個人通勤也有些不安全。而另一半是因為戚茉自己也想離開那個家。

雖是戚茉的單人宿舍，但姚風一進門就當是自己家一般，先走進了廚房燒熱水，準備泡茶。戚茉倒是習慣了姚風的關心方式，沒有刻意和她保持距離。她還想著臉上的妝，就走進房間拿了換洗衣物打算先梳洗。洗完澡出來後，姚風已經把茶泡好，在客廳的小木桌上滿了兩杯。

她見她走過來就點了點桌上的紙張，「妳要的拍攝計畫。戚茉啊，茶還是要茶葉泡的才香啊，茶包還是少了點茶味。下次，我再給妳帶來吧？就不要茶包了。」

「怎麼老愛往我這帶東西？」她在桌邊坐下，把還濕漉漉的頭髮都攏到後頭，拿起計畫表看。

「妳也要對自己好點啊。」她忍住沒嘆氣，「吃飯要正常、一些生活享受也是需要的。」

戚茉漫不經心地聽著，眼睛盯著計畫表，騰出一隻手拿起茶杯，微啜了一口，「茶不錯。」姚風從叨唸狀態切換到媽媽狀態，「喜歡？那我以後就給妳帶這牌子的。」戚茉瞥了她一眼，無奈地笑，「嗯。」

見她笑了，姚風看起來心情也更好了，「計畫表沒什麼問題吧？」

「……九月底的雜誌封面，跟誰一起拍？」因為是公司的年度大事，所以戚茉特別問。

「妳一個人。」講到這裡，姚風的臉色才稍稍嚴肅，「沒有言玄肆、沒有柳藝，只有妳。」

戚茉看了風格簡述，明白是自己的範圍，卻還是有點疑惑，「公司的前輩，應該不少。」姚風喝了口茶，微笑，「戚茉，妳已經不算是新人了。」

她抬眼看她。

「公司幫妳鋪了這麼多路，妳也讓他們看見了效果，要是還把妳當作新人，只讓妳做新人才能做的事，何必這麼費力。當然，外界說妳是新人，時間定義上妳也是，但公司內部不認為，妳能做得更好，為何不讓妳去做？」她目光沉靜地直視她，聲音輕了些，「妳知不知道柳藝一開始只是個網拍小模？她跟其他小模沒什麼不同，來Deus面試、被簽約，上基本課程，工作就是拍拍網拍，沒有經紀人替她打理，沒有任何拍攝找上她，就這樣默默無聞了好一段時間。

「可她也是有心，把這件事當做事業。她想被人們看見，就努力經營，經營自己的形象、經營和公司的關係、經營人脈，曝光率漸漸高了，公司對她的關注也就多了。她也是好幾年後才升到首席這個位子的，不知道在哪個沒有人的地方哭過多少次。

「我想說的是，戚茉，每個人有每個人的路。走好自己的，要走得精準、順利，各憑本事。妳若是有那個本事，儘管去承擔。適者生存，沒必要長幼有序。當妳想著自己資歷不如人的時候，別人卻是想著如何踩著妳上位。所以啊，給了妳機會，就只需要做好，其他的都是外邊的事。前輩就怎麼樣了？妳最合適，他們就得讓位。」

戚茉默默地聽，低聲說了句，「姚姊，沒想到，妳還挺橫的。」

「……跟妳講認真的，妳就這樣打趣我？」

「我不會讓自己吃虧的。」她斂下眼，「我沒有可以找人發洩委屈的資格。」

姚風臉上的笑漸漸平復，望著她的眼神帶著複雜，又微微地心疼。

戚茉把計畫表整理好放到一邊，站起身，給自己添了杯茶，望了眼時鐘。

十一點三十八分。

她拿著微燙的茶杯走到書櫃前，挑著要看的書，「姚姊，時間晚了，妳回去吧。」戚茉的宿舍裡沒有電視，而有一面牆專門放書。平常的休閒也只是看書。

「嗯。」她拿著自己的包，走到門邊，看著她的背影欲言又止，最後只叮嚀，「看書別看太晚了。」縱使生活已經不同，姚風每每看到戚茉沉靜的背影，都感覺她仍是當初發著高燒、立在寒風中神情恍惚的孩子，那日是戚茉轉變的開始，不變的是，她總是帶著那份孤寂，拒人之外。

戚茉應了聲，姚風便開門離開。

門自動上鎖的聲音落在戚茉耳裡。重新安靜的空間包覆著她，她喝了口茶。只有她自己知道，每當難以入睡的時候，都是這些書陪她度過夜晚。她抬眼看過一本本書的書名，目光停留在

「Wuthering Heights」上。那是《咆哮山莊》的原文精裝版。書已經有些舊了。
她輕嘆一口氣，沒有拿出任何一本書，而是讓自己躺在沙發上，手臂貼著額頭。
「妳一定會後悔。戚茉，妳一定會後悔的。」
她輕閉上眼，抬手將客廳的燈切掉，室內一片漆黑。
「我不後悔……」
但願一輩子都不會後悔。

二

同一時間，秋季展慶功宴。
幾個領導本就對這樣的慶功宴沒太大的興趣，所以並沒有參加，只是叮嚀了幾句就放這些年輕人去享受自由。唯獨言玄肆，每一次都會被許靜一再提醒，要小心記者、要小心說話，不要落下把柄給別人，不要創造緋聞。雖然很多時候，他都沒有照做。應該說，懶得去防。看在許靜眼裡，言玄肆這叫叛逆。
很久之前，他和總經理曾經有過一段對話：
「看你的性子，我就想不透你怎麼會喜歡參加慶功宴這種吵雜的活動？」
「言家，不喜歡我出現在這種混亂的場合。」他笑，「所以，我才要出現。」

她把這對話轉述給許靜聽，許靜心想，這不是叛逆是什麼？

他們的慶功宴其實也只是訂了個包廂，一起去唱歌、狂歡罷了。平常被訓練、課程、彩排壓抑久了的模特們此刻都放開來，搶麥的搶麥、喝酒的喝酒、玩遊戲的玩遊戲，只是公司有規定，他們自己也會有所節制，不會太超過。而言玄肆來是來，但也只是待在一邊，不唱歌、不喝酒、不玩遊戲，人坐在沙發上，翹著腳、一手搭在椅背上，安靜得像一座雕像。

忽然一股濃烈的酒味襲上來，他抬眼，看見一個女孩站在他面前對他笑，眼神有點迷茫，大概是喝醉了。言玄肆皺眉。他認出她是新進的模特，之前彩排的時候乖巧安靜，沒想到喝了酒就變了樣。

「玄肆哥。」她開口，聲音因為周遭吵雜、有些聽不清，「我可以坐在你這嗎？」說完，也不等他的回答，逕自跨坐在他身上，兩隻手繞著他的脖子，將柔軟的身體貼上他，呼出的熱氣在他肩頸窩處搔著癢。她仰著頭看他，笑得嫵媚，一隻手從他的胸膛一路往下撫摸，她笑得越發嬌媚，「言肆哥，你究竟喜歡哪種女人？」

言玄肆放任著她，卻對她的舉動一點反應也沒有。

「可我喜歡你啊。但是你的緋聞女友怎麼那麼多啊？」女孩坐得不安分，蹭了蹭，「不過她們最後都消失了呢。所以代表你不喜歡對吧？嗯？」他看著她，嘴角勾起一個完美的弧度，摸了摸女孩的頭髮，若有似無的溫柔聲音落在她耳畔，「是。但是，我也不喜歡妳。」

包廂另一側，早已有人將這一切都拍了下來，亦將一男一女的親密舉動照得很清楚。

「第幾次我已經不想深究了，但是你到底要叛逆多久？」許靜把周刊砸在桌上，「這種事情越多，越難壓。你如果不想混了，早點告訴我，合約就不要簽了。」

「許靜啊，我人還在這呢，別急著發脾氣。」總經理一派輕鬆地喝著茶。許靜挑眉，語氣依然沒緩過來，「妳要是還護著他，就是毀了他。」

「許靜。」她略微嚴肅地喊她，「關心則亂。」

嘆了一口氣後，她在他對面坐下，手揉著眉心，看也不看他，當他不存在，自顧自地跟總經理說話，「妳以為我想失控嗎？即使日後他要離開，留個好名聲再離開不好嗎？言玄肆這個名字，就算因為姓言他不喜歡，難道被唾棄他就開心嗎？」言玄肆無奈，「許姊，我人在這。」她看了他一眼，依舊以空氣做處理，視線又轉回總經理身上，「這種末期模特我大可冷落他，我還關心他做什麼？我沒事找事？」

這時，門被敲了幾聲，岳幕就推門進來，估計是聽見了許靜的長篇大論，她一進來就幸災樂禍似地挑個離她遠一些的位子坐，「嘖嘖，許同學久違的爆發啊。」

她瞪了她一眼。她明白昔日同學的脾氣，只好弱弱地賠笑，「您繼續啊。」

「繼續什麼，」身體靠向椅背，她冷靜些後道，「近期拍攝活動都不要參加了——」

「那個小女孩，我會處理的。」岳幕雲淡風輕地說。

「走秀也不准走。」

岳幕深呼吸一口氣，「……不讓他被採訪也不行？」

「不行。」一般來說，經紀人是不好干涉行程的，但也只有許靜有這個能耐可以果斷地跟部長說不行。岳幕拍拍自己的胸口安慰自己，喃喃自語著，「沒事，反正秋季展也走完了，沒有關係，對，許同學就是這樣，沒有關係……」

「讓柳藝和戚茉去分擔吧。」總經理這才說了一句話，「玄肆，沒有問題吧？」

「沒有。」

「那太好了。」總經理放下她的茶杯，伸手按下內線電話，不疾不徐地拿起聽筒，「是我。我記得她今天休息？沒有，沒有臨時拍攝，那是以後的事，」她笑得更歡快了，「果真在訓練場啊？讓玄肆一起吧，嗯，妳上來帶走他。」掛斷電話後，她就告訴言玄肆，「姚風等等就上來，你跟她走，去找人玩。今天哪裡都不許去。」

「玩？不必了，我才——」

「闖禍的孩子沒有自主權。」總經理雖然依舊微笑，語氣裡帶著認真，「我阻止許靜生氣，不代表這件事可以不生氣。我們都不想放棄你，想護著你。所以現階段你最好不要出現在大眾面前。」

一時沉默。不久後，外頭的人敲了門，等候回應。

「去吧。」

言玄肆望著許靜，輕嘆一口氣，起身離開。

總經理在他出去後才斂下笑容，無奈地看了許靜一眼，「你們倆相處越久，越不會說心裡話了。」

許靜撇過頭不理她。

「岳幕，妳同學越來越難伺候了。」

「總經理，許同學其實就只是傲嬌了點。百分之九十九的傲、百分之一的嬌。」

「夠了。」許靜站起身，準備要離開，「我當了十幾年的經紀人，什麼時候需要捨棄也看得很清楚，但並不表示該捨的時候我毫無感覺。言玄肆不該是這樣、也不該只能這樣。妳們都很清楚。」冷冷地說完，人就走出辦公室。

被留下的兩人默了些許時間，岳幕悵然地笑，「許同學老了，感性了不少。」

電梯裡，姚風和言玄肆都很安靜。而姚風是個沒話也一定會找話的人，連面對言玄肆這樣不愛說話的人也一樣，「總經理的意思是，今天戚茉一整天都沒事，讓你們倆個相處熟悉一下。」

「她知道？」

「我來之前問了她，」姚風不敢不問她，「她說無所謂。」

兩人又安靜下來。等他們再下降三層樓左右，姚風又忍不住開口，「我等等要去買午餐，你的我就一起買吧？喜歡吃什麼、討厭吃什麼？」

「我不挑。」

「真的？」她倒是訝異。

「嗯。」

她原本以為言玄肆的難伺候也包括吃，沒想到他不挑？

「不用跟我客氣，也不要怕我麻煩，更不要委屈自己。」她很習慣地說出常對戚茉說的話。

他皺眉，有點不耐，「真的不挑。」

「好。」她應了聲，後續又嘀咕，「這兩個孩子怎麼都這樣……」

兩個孩子？言玄肆不太習慣姚風的作風。

他和許靜，從沒那麼親近。

電梯到達了地下一樓，姚風領著言玄肆路過一個又一個黑暗的房間，快到長廊的盡頭時，眼界忽然變得開闊，寬廣的空地像是健身房似地放著各式各樣的運動器材。而此刻的燈光只聚集在角落訓練拳擊用的擂台，上頭有個黑色的身影，他可以看見她束著高高的馬尾，臉龐乾淨俐落，出手的動作敏捷迅速，神情無比專注。

就像是在黑暗中的一道曙光，燦爛耀眼，他竟有一瞬，無法移開目光。

三

他們安靜地看著，待戚茉自己停下練習的動作，輕喘著氣、側頭看過來，他們才默默走近。她也走到擂台邊上。在沉默的空間裡，戚茉表現得倒是很自然，「那麼快就回來了。」

「我也只是搭個電梯來回而已。」姚風笑著把毛巾遞過去，「出汗了，趕緊擦擦，不准感冒。」她接過，隨便抹了幾下就將毛巾掛在脖子上，拿起一旁的寶特瓶，安靜喝水。言玄肆全程沒說話也沒看她。

「尷尬吧？」姚風小聲地問他，相較之前已經不那麼怕他，「還是，你會拳擊？跟她玩玩？」他皺眉，正想開口就被戚茉打斷，「姚姊，快中午了，妳不是要去買東西嗎？」姚風很無奈，「妳的耳朵要不要那麼好……」被說耳朵很好的人若無其事地放下水瓶，然後把手綁帶解下來，「妳的聲音再小點就不會被聽到了。」

「那我去買午餐了，」她無奈地笑，又叮嚀了句，「你們倆個誰都不准出去，記得了？」
「嗯。」戚茉應了一聲。姚風這才放心離開。
「上來嗎？」戚茉問。
「我沒法跟妳玩。」
「讓你上來是讓你坐著而已，還是你想站一整天？」她自顧自地坐下，眼裡有著若有似無的笑意。言玄肆看出來她今天心情不錯。他翻身上了擂台，在她面前坐下，也願意開口了，「妳練拳擊？」她聳聳肩，「小時候學過。現在用來打發時間而已。」
「小時候？妳多大了？」
「今年過完生日就十九了。小學的時候參加社團練的。」
他把手機從口袋拿出來扔在一邊，邊說，「十九歲也是小孩子。」
「成年了。」
「倒也是。」
戚茉挑起眉，有些狐疑地問，「這話聽起來，你該不會是看起來年輕，但已經三十幾歲了吧？」他被她的問題逗笑，「怎麼，嫌我老？」
「真的？」
「很遺憾，我才二十六歲而已。」他雙手往後撐住身體，整個心情放鬆了下來，「現在看起來倒像小孩子了。」她沒搭理他，他也不在意，「一直沒問過妳，妳為什麼會來當模特？」
戚茉眼裡閃過一絲落寞，她抬眼看他，「那你告訴我，為什麼要用慶功宴那種方式讓自己難堪？或是，」她頓了頓，「要讓誰難堪？」

言玄肆直視著她，知趣地笑，「那好，不問了。」

不問，也就不必回答。

「妳，」他乾脆往後平躺，一點也不介意台子是否乾淨，「相信一見如故嗎？」

「……你的如故是什麼意思？」

「如故，倒也說不上是熟悉，就是，」言玄肆望著天花板，不知道為什麼自己要問這種問題，只是每每見到她就會有這樣的想法，「平靜。」

他想，或許她不懂，但平靜對他而言很是難得，這樣的平靜隔絕了現實中的紛雜、隔絕了那些纏著自己的煩悶，見著她、自己就只想著當下，過去抑或未來都無須煩惱。

好似，一見如故，所有的防備都無須，所有的疼痛都將息。

戚茉背靠著角落的柱子，思考著他的話，似懂非懂。

言玄肆側過頭看著她，見她輕蹙著眉、有些遲疑地回望自己，不自覺地就笑了。

多年後，言玄肆才真正明白，

她是他這一生中的平靜，卻也是他一生再也無法止息的翻騰。

／

姚風買好午餐回來，三個人就坐在擂台上準備吃飯。只是便當都還沒打開，戚茉聞到味道就皺起眉頭。姚風的表情很無奈，「青椒和苦瓜各要吃三條，不准拒絕。」

雖然戚茉對吃的東西不挑剔，但遇到不喜歡的食物是能不碰就不碰，姚風為了她的營養均衡，頂著哪天戚茉可能會爆發的壓力故意買這些東西，規定要她吃多少。而今天輪到青椒和苦瓜。

「這兩樣放在同一餐會不會太狠了……」

「妳還在長身體，要均衡營養。」

「誰十九歲還長身體？」

姚風笑著幫她和言玄肆打開便當，「搞不好就是妳啊。」

「我二十歲的時候還長高了兩公分。」言玄肆接過便當，還平淡地補了一句。

「兩公分……」她嘀咕，夾了個青椒放到嘴裡，臉色瞬間變得很難看。

「青椒很好吃啊，妳吃得那麼痛苦青椒很冤枉的。」姚風打趣是打趣，卻也是有點於心不忍地拿著水在旁邊候著。言玄肆倒是面不改色地吃著自己的便當，安靜地笑。戚茉遷怒般地瞇眼看他，「你什麼時候開始這麼有表情了？」

「從剛剛吧。」

姚風看著他們倆的互動，安心了些，暗自想，他們剛剛單獨相處得不錯吧，能說得上話。

當戚茉正要挑戰苦瓜，姚風的電話就響了，她看了看螢幕顯示後便站起身，「我出去接個電話，你們倆慢慢吃。」等到姚風離開視線範圍後，戚茉偷偷把視線從苦瓜移到言玄肆臉上。他感受到了目光，抬眼回視，看見她略帶希望的眼神。他明白她的意圖，也不急著開口問，只是歪著頭等她。戚茉把自己的便當往前遞了點，小聲地問，「喜歡苦瓜嗎？」

他看著她如此，有些想笑，但很好地忍住了，依舊是那樣清冷的表情，「也不是很喜歡。」

「搞不好，能再長兩公分？」

「我夠高了。」

「……就幫忙吃一條？」她不自覺露出一副可憐兮兮的模樣。

「就那麼討厭苦瓜？」他還是笑了出來，滿眼都是笑意。她被他笑得臉有點熱，有點難為情地撇過頭，「小時候就不喜歡。」

言玄肆也沒有再取笑她，手一伸，夾過了她餐盒裡的青椒和苦瓜，還掩飾地留了一點，再夾些自己盒裡的炒蛋給她，「好了，吃飯。」

「謝啦。」她把拿著便當的手收回來，很自然地對他笑。

「嗯。」他淡淡地應了聲，心裡卻像是有抹柔軟撫過他。

等到姚風回來，看見了戚茉的餐盒很驚訝，「妳今天吃了那麼多的青椒和苦瓜？」

她很想懷疑是不是她找言玄肆幫忙吃，不過這好像完全不可能，卻又不敢相信是戚茉自己吃的，「真的，是妳吃的？」

言玄肆和戚茉悄悄地對看一眼，她慎重地點頭，「不小心吃太大口，水都喝掉三分之二了。」其實她吃一條就喝了那麼多水，只是姚風平常也沒記她到底會喝多少水，很輕易就信了，「那太好了，以後可以吃多一點了吧？」

戚茉鄭重地搖頭。

言玄肆瞧著她這副樣子，才真的感覺到，這才是她。

無論在鏡頭前、在雜誌上、甚至在人群中，她多麼冷冽、多麼耀眼、多麼像是人們口中描述的難以靠近，此刻的她，才是有情緒、有活性的人。

她會笑，就值得慶幸。

「算是我撿到便宜了。」柳藝笑，「我以為我一輩子都沒有這個機會可以接到這樣的項目了呢。」

「把握吧，搞不好沒有以後了。」許靜無情地說。

她睫毛一顫，卻沒有表現出任何異樣，裝作對許靜的話毫不介意，「也是，不過，這行業也只需要某一刻的轉機就足以讓人起死回生。」她順了順髮尾，「嗯，當然了，能使人生就能讓人死。」許靜把行程表收好，放回包包，無所謂地道，「妳明白就好。」

柳藝心裡越不甘，笑得就越燦爛，「玄肆前輩的時間就剩下兩年多了，可是許姊，我不只有兩、三年，縱使是戚茉，也有無法替代我的地方。」她低頭看著自己的指甲，「許姊回去的路上小心，我就不送了。」

四

一切都在變化。許靜是感受最深的人。

言玄肆的地位轉移、戚茉崛起、柳藝的脾性漸露，經紀人是跟著模特闖蕩的人，接觸的人、接觸的消息一定會比坐在辦公室裡的總經理、部長們來得多，相當於第一線人物，總經理沒察覺的、岳幕不會發現的，她都能最先感知道。

從剛剛和柳藝的談話中，許靜已經看清自家模特的意圖。她賭她會包容她、她賭她不會放棄她、她賭她終究會選擇利而非義。於是她準備好露出爬到更高處所需的驕傲、她原本就持有的驕傲。而許靜不得不承認，柳藝是對的。

蟄伏已久的野心，最終還是讓她等到了時機。

許靜開著車，遇到了好幾次紅燈，本就不大舒暢的心情更是多了些煩躁。她隨手拿起手機撥了號碼，打開擴音，丟在一邊的副駕上。電話很快就被接起，「我的夜生活才剛要開始呢，妳就打來打擾我？」

號誌燈變成綠燈，她踩下油門，冷笑道，「妳那什麼破夜生活，不就是重複看穿著Parda的惡魔不知道第幾百遍，不然就是慾望城市九十四集隨機跳集嗎？講得多滋潤似地。」岳幕拿著水杯的手不禁一顫，「許同學，妳只要心情不好的時候，就是標準地掀別人的底兼挖苦人啊。看電影跟影集也是可以很滋潤的好不好。」許靜不想和她扯她奇怪的癖好，只爽快地說一句，「出來喝酒。」

「……今天是星期一，哪有人星期一就喝酒的？」

「我。」

「明天要上班。」

「妳還需要每天打卡？」她又遇到紅燈了，煩躁值又提高，「難道妳還需要對著電腦輸資料然後校對？所以前幾天的秋季展是假的，您其實還要忙？」您都出來了，岳幕知道不妙了，「好好好，今天陪妳喝掛行了吧。來我家，啤酒兩打起跳啊，沒兩打不給進門，」她起身去拿錢包準備出門，想到了什麼又趕緊道，「不准帶威士忌來啊，我不要喝到洗胃。」
許靜心裡嘆，果然還是老同學好，連彆扭都省了。她轉了個彎，往岳幕家的方向開，順口地說，「我要吃麻辣燙，鴨血多加點。」
「知道，」她早就穿好鞋要開門，「妳開車小心點，不要撞了別人，他們都是無辜的。」
許靜直接把電話切掉。
二十分鐘後，岳幕幫許靜開門，接過三打啤酒放進冰箱，許靜在玄關瞄了眼關著的電視，給自己拿了雙拖鞋，隨口問，「今天看什麼？」岳幕理直氣壯地說，「當然是Parda。」
「天。」她給了個白眼，人就坐在客廳地毯上，「我的要加冰塊。」
岳幕把啤酒倒出來，丟了兩塊冰塊到其中一杯，拿到客廳的桌上。麻辣燙早就已經擺好，碗筷也就位，現在人也就座了，岳幕打開電視，「開播啦。」
許靜舉起杯子象徵性地和岳同學碰杯，一口氣就灌下半杯，惹得岳幕皺眉，「嘖嘖，喝慢點行不？夜晚長著呢。而且空腹喝多難受。」
「妳就知道我空腹？」
「我都有一餐沒一餐的，妳還能吃得比我好？」
「電影開始了。」她沒理她，逕自拿起筷子給兩個人夾菜。
許靜雖然嫌棄她看的電影老舊，但還是跟著她看了一次又一次，今天晚上已經不知道是她們第幾次看這部電影，劇情都熟透了，台詞也記得差不多，兩個人卻也看得專心。
「Do you know why I hired you?」岳幕和裡頭的主角同步說話，連腔調都學得相似，「I see a

great deal myself of you.」

許靜聽了露出笑，將背靠在沙發上，喝了口啤酒，接了下去，卻不是這部分的台詞，「People say the success just happens to you.」她搖搖頭，「It doesn't.」

岳幕也想起了這句台詞，笑笑，「不管看幾遍，這電影還是有很多道理讓我們去懂啊，小時候看、不懂，現在看、懂了些。所以不要嫌棄我這怪癖，我很有哲理的。」她斜眼看了她一眼，向她舉起了杯子，「同學，續杯。」

岳幕起身拿過她的杯子，「No, that was different. I didn't have a choice.」她一人飾兩角地邊走邊演，沒看許靜，自個兒說想說的台詞，無心似地，「No, no, you chose. You chose to get ahead. You want this life. Those choices are necessary.」

許靜不傻，當然聽懂她想表達什麼，只是故意沒理她，自顧自地把鍋裡的鴨血全部掃蕩乾淨。岳幕回來後也沒繼續說什麼，而是安靜地把電影看完。

直到電影結束，她關上電視，麻辣燙早已吃得差不多，兩人也喝掉了一打半的啤酒，卻一點醉意也沒有。岳幕終於進入正題，「許同學，老實招來吧。」

「招什麼？」

「啤酒、麻辣燙、通宵電影，水腫、痘痘、黑眼圈，妳以為我陪妳玩呢？我們不年輕了，跟身體鬧脾氣幹嘛，不就因為心情不好？」

「妳跟妳們模特相處是不是也這麼黏膩？」

「黏膩是什麼詞啊。」岳幕知道，許靜是過得太男人了，連心事都不願意跟姊妹說，應該是說不習慣，「就因為言玄肆？那孩子妳一開始接手的時候不就知道了嗎？終究是言家的棄子，一句話就會被結束模特生涯，他能走成這樣已經很不容易了。」

「我知道。」

「妳不知道。」她拆穿她，「妳一直都抱著希望對不對？真以為言家有可能會成全他，不做生意人至少能做一個頂尖模特？許靜，不要為他不甘心。」

「岳幕，妳也經歷過，但妳卻沒有失望的時候？」

她怔住，隨即淡笑，「當然有，很多。卻沒妳那麼難受。」她乾脆把剩下的啤酒都拿出來擺在桌上，學著許靜坐在地毯上，「我和他們，隔了一個台子，我和他們的連結也就是一個台子，我不管他們吃穿、不管他們的行程，我只在他們彩排時對他們大呼小叫、只在結束之後給點鼓勵，這和經紀人那種每天在身邊的感情基礎是不一樣的。當我真的失去了一個很有才華、適合伸展台的模特時，我惋惜，我失望，但不會像妳這樣零距離的受傷。雖然妳都專業地保持距離，但那個距離還是不一樣的。」

許靜自己又開了一瓶啤酒，「身為經紀人，我曾經的願望很簡單，就是想陪著一個人走完他全部的路。十幾年過去了，我帶的人換過一個又一個，冷凍、封殺、緋聞、權力鬥爭、時局利弊，我在其中學會取捨、學會現實，可免不了的是他們一張又一張曾經意氣風發、滿懷希望，最後卻黯然失色的臉龐在我的人生裡留下。岳幕，妳要我不要不甘心，可我已經不甘心很久了。」

她自嘲地笑，「他們總說我手裡捧紅了很多模特，但他們避而不談的是在我手裡也毀掉許多希望。這是經紀人都會遇到的狀況，公司給妳什麼人，妳就得接受。我保持和他們的距離，不代表我不關心、我沒感覺。

「玄肆他——」她搖搖頭，「真是讓柳藝撿便宜。」

岳幕彎起嘴角，「那位終於要開始了，是嗎？一開始差點被她那個小女孩的笑容給騙了。不過她要撿便宜，那還不一定。」

「戚茉還不是首席，資歷也不夠深，影響有限。」

「我看不見得。」她朝許靜挑眉，「妳就不保證柳藝的尾巴不會露出來？」

「誰只要使壞都不會有好下場。」

「那我要給戚茉助攻了。順便幫妳解決柳藝。」

許靜瞥了她一眼，「少無聊了。」

「好歹戚茉也算我的人，我護內。」

五

最後兩個人把那三打啤酒解決，許靜直接睡在了岳幕家。第二天上班時兩個人一點端倪都看不出，根本就不像是通宵喝酒的人，精神得很。

但有人還是很了解的。

總經理一進門，坐在專屬的座位上，看了看她們倆個人，閒聊著，「妳們昨天喝酒了？」

「不要再讓警衛八卦了行嗎？」許靜靠著椅背閉目養神。

「妳們倆會一起來上班絕對是因為喝酒啊。警衛也很無聊，妳就讓他有點小樂趣吧。」

「我們難得這麼早到，也讓人買點咖啡來吧。」岳幕翻著自己的那份資料，很自然地使喚著總經理，後者倒是沒覺得怎麼樣，乾脆地撥了室內電話，沒多久，「嗯，是我沒錯，小妹妹不要這麼驚訝，總經理也沒什麼的……」她似乎太和藹可親到底層員工都不可思議，「沒什麼大事，只是想請妳們帶個咖啡上來，估摸著現在這個點妳們還沒開始工作吧？幫忙買個咖啡。我一杯黑咖啡、許靜也是黑咖啡，岳幕要喝——」

「卡布奇諾。」

她拿遠話筒，輕聲問，「妳換口味了？」

「都喝黑咖啡好無聊。」

「……她要卡布奇諾。順便給玄肆帶一杯黑咖啡、柳藝一杯熱拿鐵、戚茉——」她打住，找岳幕求救，「小岳啊，戚茉喜歡喝什麼？」岳幕仔細想了想，搖搖頭，「不知道。但她之前在咖啡館工作，可能會對咖啡很挑。要不問問姚風吧？」

「戚茉的要買，買什麼妳們就打電話問小姚吧，經紀部的姚風。然後其他人的就隨便了，我記不清的。對，就是這次開會的人數量買齊，買一樣的也沒關係。」

掛上電話後，許靜也翻起資料，問了一句，「妳給誰打電話？」

「助理部啊。」

「可憐的孩子。」助理就是打雜，有時還得接受上級突如其來的工作指派，連拒絕都不行。

「妳們都不好奇為什麼我找戚茉嗎？嗯？」

「我們不會質疑妳的，至少在專業上。」

「許靜，妳也讓我滿足一下被好奇的感覺啊。」

她扶著額頭，有些無奈，「我們公司怎麼就出了這麼一個總經理了……」

後來，總經理的「被好奇心」還是沒有滿足，因為開會的人陸陸續續進來，必須要端著樣子，不能像在熟人面前那樣隨意。會議室內的人漸漸多了，但室內始終沒有吵雜，大家都小聲交談、或是翻看資料。而三個模特裡，言玄肆是最早到的，因為沒有任何行程。他進門後，大家說話的聲音就更低了，反倒是總經理露出笑容。言玄肆對她點個頭，坐在了模特區。

場地的座位分成三個區塊，專為他們三個擺設的模特區在房間的左邊，另一區是總經理和三個部長的位子，在右邊，和模特們面對面，中間隔了一個距離，而房間的後方則是各相關人員的座位。如此形成一個ㄇ字型的開會方式，中間空出來作為展示台。

不一會兒，柳藝也到了，笑臉盈盈地對眾人打招呼，不忘禮貌地朝著總經理她們的方向敬了禮，並在大家的目光聚集之下走到模特區坐下。

「玄肆前輩。」她打了聲招呼。

「嗯。」

她看見了旁邊多出一張椅子，溫柔地問，「還有人要來？」

言玄肆看了那張椅子一眼，沒說話。

「總經理，戚茉那邊說晚點到，有事耽擱了。」一個工作人員過來輕聲地匯報消息。正和總經理談事情、還沒回座位的許靜一聽，便輕蹙了眉，「怕是遇到纏人精了。」

「纏人精？」

「我記得沒錯的話，今天的那個項目，不只我們，Stella 也有合作。」許靜聳聳肩，「派出的人是舒乙莘，就是個被寵壞的孩子。」

「舒乙莘？她不是通告藝人嗎？」總經理明顯地嘲諷。

「總經理，那麼會議？」

「知道了，」她讓許靜回到座位去，「我們先開始吧。」

／

這次的會議有兩大重點，一個是決定新年度公司三個部分：網拍部、雜誌部、伸展台部的大方向，並做上個年度的整體報告。另一個則是Deus最主要的模特招募的決定會，雖然各部可以隨時按照自己的需求徵求模特，但公司每年還是會主辦一次招募，透過招募進來的模特是經過層層把關後才能招募成功，在公司裡有一定的地位。

當各部部長正在做年度報告的時候，門被敲響，而後推開，戚茉踩著高跟鞋走進來，沒有和任何人打招呼，逕自走到自己的座位，表情比平常更冷。

「戚茉，妳好啊。」柳藝裝作沒看見她的臉色。

「前輩好。」她冷淡地回答。

「戚茉姊姊，」一個小助理悄悄跑到她身邊蹲著，雖然大部分助理年紀都至少比她大一兩歲，但因為敬稱她，所以一致喊姊姊，就跟喊柳藝一樣。她遞給她一疊紙張，「這是開會資料，現在進行的是年度報告，下一個是方向定案。」

這個會議姚風跟她提過，能參加的模特幾乎就只有首席，這次被點出來要參加，還是總經理的意思，姚風怎麼想都想不出個所以然。此刻坐在這，她沒多想，只是把拿到的資料快速地讀過。

「下一個進行的是新年度的方向定案。」總經理優雅地宣讀，「網拍部先吧。」

網拍部沒有什麼方向要定，最主要的就是行銷方法，但這不是此次會議的重點，於是很快就過去。輪到雜誌部的時候，則是一張又一張的簡報，從訊息蒐集到靈感發想，部長語速很快，聽的人都很專注，畢竟雜誌是公司發展的重點，每個人都不敢忽視它。

「——所以這一季我們打算採用鮮豔視覺的方向，冷暖色系並用，利用對比色凸顯出顏色的衝擊性。」畢竟是方向而已，細節都還未有成果，只是用幾張設計圖展示了下。

總經理看了看，示意幾位相關主管發言，各方意見頓時參與討論，業務、行銷、宣傳等等，各組別都提出了自己組裡可能會產生的問題，綜合評估這次方案的可能性。

大家先後表達完畢，總經理聽到最後還是若有所思的表情，贊成和反對的意見各半，各有各的優勢論點。有的贊成，覺得這是一次新的突破，有可看性；有的反對，表示雜誌雖然是專業方面的展現，但衣服終究是要穿在人身上，還是要考慮市場，如此搭配可能大眾無法接受。

她的手指下意識地點著桌面，心裡很是猶豫，忽地抬起頭來，「戚茉，妳覺得呢？」

此話一出，大家紛紛看向她，有的面露疑惑、有的皺眉。

被點名的戚茉倒是不慌不忙，依然翻著手中的紙，再抬起頭看著簡報上的設計圖。她的臉上依舊是剛剛拍攝時的妝容，並不像以往那麼強烈濃豔，卻依舊勾勒出她的精緻，大家都等著，幾個業務部的主管有些不耐，反倒是雜誌部部長非常有耐心地等著她。終於，她開口，「我覺得可以。」

她的聲音沉靜，不疾不徐地解釋，「剛才提到，大眾的接受度是個關鍵點，不過大眾市場本身就有分類，每個人都有自己的穿衣標準，有的喜歡簡單樸素、有的喜歡精緻奢華，本就存在差異，況且雜誌長期鎖定讀者群，風格雖不斷變化，但核心模式是不變的，這也是雜誌的原則，在守舊裡創新，理應是常理。讀者並不會因為一個變化就全部跑光，相反的，若是一直給予相同的東西，讀者查覺到了，反而覺得無聊。

「據資料提供的資訊，雜誌之前的主題都是偏單色系，統一、每一季裡的各式衣飾風格相近，持續走這樣的路線是安全的，卻也是乏味的。Deus 不是只賣衣服，一味遷就市場，我認為這不是個好想法。」

後來，業務和行銷都提了幾個業績問題，戚茉都很巧妙地反駁回去。整個會場的意見越來越偏向贊成，也有很多人越來越對戚茉這個人抱持興趣。許靜坐在岳幕旁邊，默默發表了感想，「她消化資訊還挺快的嘛。」岳幕滿意地笑，「妳不要看戚茉不上大學，她高中學測可是考了滿級分的人，姚風也說過她的學習能力令人震驚，腦袋可好了。」

「滿級分？能上第一志願？」

「大概吧。」岳幕聳肩，她對現在的升學制度也不了解。

「她倒是深藏不露啊，」許靜看著她漫不經心地看著桌面，卻仍能夠精準地回擊那些令人厭煩的業績問題，看都不看那些人，「但脾氣就跟玄肆一樣。」

「脾氣？」這個岳幕倒是看不出。

「現在心情正不好呢，還要被煩。」許靜低下頭不再看她，檢查著自己手機的行事曆，「估計也是不鳴則已、一鳴驚人的那種爆發人物吧。我指的是脾氣。」岳幕看過言玄肆真正發過一次脾氣，讓她有一陣子都不敢跟他面對面說話，她想像換成戚茉的樣子，倒也很適合……

她絕對相信許同學觀察人的能力，現在有些擔心，「她、她等等會不會翻桌啊……」

許靜笑笑，「這種程度還不至於。」

「……那要到什麼程度？」

許靜沒答，而是說了別的，「會發脾氣也好，免得讓人欺負。」

六

中場休息時，姚風進來給戚茉遞了一瓶水，戚茉接過，打開瓶蓋喝了一口。旁邊的柳藝對她笑笑，「姚姊好。」忽然被打招呼姚風有些驚訝，「妳好妳好。」

「剛剛戚茉表現得太好了，怪不得總經理讓她參加會議呢。」

姚風陪笑，心想自己還是猜對了一些，戚茉以往拍攝時遇到一些不合意的衣服，就會做些飾品的更改，這些修改呈報上去之後，都得到了不錯的回應。估計是看中她有些天分吧，「我去跟總經理說個事，妳先吃點巧克力，早餐也沒吃，趕來趕去的。」姚風從包裡拿出純巧克力，放在桌上，人就轉往另一側走。

「舒乙莘呢？」在一邊的言玄肆冷不防地問一句。

戚茉挑起眉，又喝了一口水，「原來你知道。」

「前幾次我領教過了。」

「玄肆哥哥？」戚茉模仿舒乙莘的語氣，受不了地撥了撥頭髮，冷笑，「呵，真是。」

「妳沒揍她吧？」言玄肆笑。

戚茉直接睨了他一眼。

旁邊不知情的人看著他們倆的互動看得不寒而慄，擔心兩個人是不是會吵起來。包括岳幕，雖然她比較像是在看熱鬧，「嘖嘖，太有感覺了，戚茉就是適合這個狠勁啊，這個妝很加分。」

「妳真的太閒了。」許靜打完電話後剛好聽見她的自言自語，忍不住批評，「剛剛還在擔心人家爆發，現在還幸災樂禍看人發狠。」

「只要狠不發在我身上，我都很樂意幸災樂禍的。」她喝乾咖啡，「只是啊，戚茉真的很搶眼啊，坐在柳藝旁邊我都看不見柳藝了。」

許靜沒說話，其實就是默認了的意思。

「這個沒問題，只要沒動手就行。」總經理說，「太難聽的話也儘量別說，免得對方一錄音就是個證據了，影響不好。」

「好，會注意的。」姚風點頭。

「只是，舒乙莘最後如何了？」

「……氣哭後就回去了。」她有些心虛，「所以我們才走的了。」

「戚茉氣的？」

「是。」

「做得挺好。」她雖要顧及公司形象，但對自家模特還是很保護的，「別讓她亂來傷了戚茉。」

「這個絕對不會。」

「行了，我會讓人注意新聞和Stella那邊的動靜，要是鬧起來了就能及時處理。」

「謝謝總經理。」姚風笑。

「接下來是模特招募的決定會，請無關人員盡快離場。」主持的組別人員透過麥克風說。等到會場終於安靜下來，大家都坐好了之後，參加者的資料才發到每個人的手上。戚茉對這個是沒有興趣的，所以並沒有特別去翻閱，而是把姚風給的巧克力放在手心上滾來滾去，在玩。

柳藝因為拍攝行程先行離開，剩言玄肆和她並肩坐在一起。言玄肆也對新人的名單沒什麼興趣，就安靜地看著戚茉的動作。戚茉的手動得很靈巧，巧克力滾動的軌跡劃成了一個漂亮的圓。她玩著玩著，忽然一個失誤，巧克力掉離她的手掌心，直直往桌沿滾去，就要掉下去之際，言玄肆伸手接住。戚茉不自覺地抬眼看他，正好和他視線相交，他低聲問了句，「好玩嗎？」

「還不錯。」她從他的掌心拿回巧克力。

「要是累了就睡一會兒。」他把視線轉回前方。對於他的觀察力，她沒有太驚訝，稀鬆平常地回答，「等等還有行程。要是真的關心，你就趕緊回來拿走你的工作。」他淺笑，「一般人是巴不得得到這些機會，妳倒是不怎麼想要。」戚茉望向他，異常認真的眼神，「趕緊回來吧，明明就是那麼適合鏡頭的人，就這麼甘願被冷凍嗎？」

言玄肆看著她，斂起笑，神色沉靜下來，「沒想過妳是會說這種話的人。」

她勾起嘴角，「只是看見什麼說什麼。」

晉級到決定會的參加者一個一個被叫進來面試，總經理偶爾會問問他們倆的意見，知道他們都不是愛湊熱鬧的人，也放任他們心不在焉。輪到最後一位時，大家都有了些倦意，又因為照片上的人外表出色，而努力打起精神。

「噢，這人跟戚茉是同個高中畢業的呢？」岳幕微微驚呼，「戚茉啊，妳認識嗎？」

戚茉聽了之後伸手翻過資料，目光停留在最後一個人的名字上，安靜了幾秒，把資料重新扔回桌上，無所謂地道，「認識。」

「處得好不好？」

「不知道。」

那就是不好了……

岳幕了然，喝了口咖啡後就不再說話。

總經理看大家都休息得差不多了，就向門邊的助理道，「請她進來吧。」

助理到門外喊了聲，不久一個娉婷的身影便從外面走進來，穩重地穿過人們，站到中間接受面試。眼前的女孩身穿簡單的白襯衫搭配黑裙、不算太高的黑色高跟鞋，臉上畫著精緻的妝容，顯得溫柔且清新，整個人很精神。

「請妳做個簡單的自我介紹。」

「大家好，我是湯沂——」她的視線環視了一周，卻在某個人的身上頓住。

她曾無數遍想著和戚茉再次見面的場景，也為了日後可能的相見做了心理準備，可沒想到，會來得這麼快。反倒是戚茉，若無其事地看著她，眼神清冷，像是對著一個陌生人一樣。

許靜無聲地看著兩人的互動，心中已經明白了七、八分。

視線交錯幾秒，戚茉便斂下目光，輕啜了一口姚風幫她買的咖啡。

在那個夏天之後，湯沂，妳終究還是來了。

／

三個半月前，六月初，教學大樓樓頂。

剛剛結束梅雨季，進入了炎熱的初夏，空氣中吹拂的都是熱風。湯沂站在矮牆上，只要再跨出一步，就是墜落。蟬聲在耳邊，卻又似在遙遠的地方。夏天真的來了嗎？是那個將一切都結束的夏天嗎？湯沂閉上眼睛。

戚茉推開連接頂樓的門，看見湯沂站在危險的地方也不慌張，只是從容地前進幾步，停住。

「還以為妳不會上來了呢。」聽見了聲響，她再度睜開眼，卻沒有轉過身。

「要說什麼？」

「我還是第一次這麼仔細地看過這間學校，」湯沂側過身望向她，「我真後悔來到這裡。」

「現在妳也可以離開了。」

「妳明明最清楚不過了，妳是看得最明白的人，可妳卻這樣一派輕鬆地旁觀著？說著這樣無關緊要的話，看著我陷入泥淖？妳明明都知道的，戚茉。」

「我什麼也不知道，」她走靠近她，「湯沂，沒有人能真正感同身受的。妳要的，只是安慰，而我不會給妳。從來就沒有人拿著利刃架著妳，讓妳窒息的從來就只有妳自己。成績、大學、妳的雙親，這些是枷鎖，卻不是妳的命——」

「戚茉，」湯沂看著她，雙眼已經沒了溫度，「妳別自私了，以為妳的生活過得好，就可以拿別人的痛處講道理嗎？那是不是我的命，又關妳什麼事。妳現在光鮮亮麗，不代表妳以後也能如此。」

戚茉的心徹底冷下來，「湯沂，妳是在忌妒嗎？」

「忌妒嗎？」她笑，「我是吧，誰見到妳都要忌妒不是嗎。」

她看著這樣的她，自己也笑了，笑得滿不在乎，「湯沂，原來妳就是在怨天尤人罷了。」

「只要是人都怨過。」

戚茉看著她，想到了起初的自己，也是這樣無依、也是這樣受傷。

自己或許，也這樣怨過。

「妳一定會後悔。戚茉，妳一定會後悔的。」湯沂直直地看著她，早已經任何表情都沒有，「我祝妳以後的人生。」

兩人相互對望，熱空氣對流著，微風揚起兩人的衣角，連胸前的畢業生胸花也微微牽動。

／

湯沂，妳終究還是來了。

來到了妳曾經最不屑的地方——

會議室的門被敲了敲，姚風的頭探進來，「各位抱歉，戚茉該要去拍攝了。」

總經理隨意地揮揮手，「好好好，快去吧。」

「那我也走了。」言玄肆趁機離場。

「玄肆，」許靜看向他，「雖然你還是在禁閉時期，但有些工作還是會繼續。」

言玄肆聽懂了這是半解凍的意思，簡潔扼要地點個頭，先走出會議室。戚茉站起身，望了湯沂一眼，人就轉身出去，姚風隨後跟上，帶上了門。這時，湯沂的自我介紹才得以繼續下去。

可她的心神，早已因為戚茉那一望而不安慌亂。

／

情不知所起，恨不知所生。

所謂的無常之事，卻是往後一步一步，冥冥之中的注定。

你會不會知道，那些一語成讖，都是有跡可循？

第五話　猶初如故

一

湯沂最後入選，成為Deus的普通模特，屬於雜誌部的小模。

跟著公司上課的這兩個月，她沒有見過戚茉，卻一直聽見有關她的傳聞。身邊一同上課的人敘述她的口吻，褒貶皆有，但大多是稱讚多於詆毀。他們這些站在最底層的模特，就這麼仰望她，對她不是崇拜就是欣賞，甚至是夢想的起源。湯沂不懂，僅僅露面一年的人，真有如此渲染力？

可她現在，卻也在這裡。

今天是課程的最後一天，此刻幫他們上課的老師正站在台前宣布事情，「——所以雜誌部決定，十一月的雜誌模特也會從你們之中選出幾個表現最好的出來參與拍攝，這是一個非常重要的機會，要好好把握。把教給你們的東西、和你們自己的魅力展現出來，希望你們都能成功。評選日期是下個星期二，加油。」

下課了之後，大家藏不住興奮的神色，拉著彼此紛紛討論著，「能參與拍攝的話，不就能見到首席嗎？首席耶。」

「不只能見到，還能夠一起拍照，然後放到同一本雜誌裡，而且還可能在隔壁頁。」

「我跟了玄肆前輩的作品好幾年了，Deus的雜誌更是從沒落掉過，這次居然能有機會可以當模特，我、我拚了！」

「我比較想見到戚茉前輩，她真的好酷。」

「一看就知道不好相處，只可遠觀，小心被人家盯上。」

「我聽說啊，戚茉的業界評價不錯呢，不是會耍大牌的人……」

湯沂一邊慢吞吞地收拾東西，一邊聽著他們的雜言雜語。其實她不是這個品牌的粉絲，更不是誰的粉絲，她對這個雜誌沒有什麼感覺，談不上熱衷。

「湯沂啊，我覺得妳一定會被選中的。」一個女孩從談話中轉過來對她說。她勉強微笑，「那不一定。」

「妳是我們之中最漂亮的，一定的。」

湯沂又笑了笑，不太自在，「我先走了。」面對這樣的人際相處，她一點也不習慣，讀書時期自己總是念書為主，社交活動一個也沒參與過，朋友只有兩三個。現在在這個圈子裡，多少也聽聞一些事，笑臉迎人比較安全，然而她以前鮮少笑臉，至今如何說變就變？

電梯到達一樓，湯沂走向大廳，正要離開公司，看見旁邊的牆面上滿是旗下模特的照片，有許許多多知名人物，其中最大幅的，便是言玄肆、柳藝，還有，戚茉。

湯沂停下腳步，停留在這面「照片牆」前，沉默地望著那些相片。

那些慕名而來、懷抱著一個夢想前來的小模們，望著這面牆時，是不是會心生悸動與憧憬，期待著自己有一天也能如此發光發熱？可她，卻一絲動容也沒有。自己，也能有這樣的一個夢想嗎？這真的會是自己想要的嗎？

可是，怎麼一點感覺也沒有呢？

她忽然不相干地想，在面對這樣人言人語的圈子，戚茉會不會也不習慣過？還是她依然做得很好？而自己一點也影響不了她，是嗎？

／

「噢不，妳別跟我說妳還會設計衣服，拜託，不然我會想簽妳終生約的，我不放妳走了。」岳幕摀著嘴，感動得想哭，還很有事地扯著姚風的衣袖，「妳看看她，她怎麼這樣對我，她到底還瞞了我什麼？小姚，妳是共犯。」

「岳姊，妳太激動了。」姚風無奈道。

「身為藝術工作者，感性總是大於理性。」她拿起筆，從雜亂的桌面中隨意抽出一張紙，寫下幾個名字，推給眼前的人，「這些人，都熟悉嗎？」戚茉點頭，「嗯，都是有名的設計師。」

「也是我們旗下的設計師。」岳幕手上轉著筆，「雖然看得出妳剛剛那短短十幾分鐘畫出來的設計稿還不成氣候，但是發展空間很大的，我想雜誌部也是看到了這點，才讓妳來我這。」

「我只是要畫個示意圖給他們看……」

「想不想學？只要妳一句話，我可以讓妳學。」

她微愣，「岳姊……」

「戚茉，不要顧慮，更不要放棄任何妳想要的機會。在這個地方、出了這個社會，就得為自己爭、為自己展現，否則，就是被別人佔據。包括這個，」她用筆點了點她的畫稿，「如果妳的腦子裡有東西，妳是有內容、有才能的人，更要展現。別人不會輕易看重妳，卻會容易看輕妳。不過，妳至今表現得很好，超乎我們的想像，但是，妳可以更好。」

戚茉沉默，岳幕反而不再看她，用著閒聊似的語氣說道，「妳已經快把柳藝拉下來了妳知道嗎？」岳幕整理著桌上的東西，還有她的畫稿，「我知道妳不在意這些，只想把妳的工作做好，但這就是環境，達爾文的論調不是嗎？可有時候不是只有不適者才會被淘汰，不夠出色、淪於平庸，也是一種淘汰。」雖不如許靜的洞察力，然而，岳幕打滾多年也能輕易地看出她的遲疑，縱使她仍是不動聲色的樣子。

戚茉原以為她再也不會有這樣的機會和時間，曾經的念頭都在放棄大學之後塵封，而現在，岳幕給了她機會、公司給了她機會，她要不要？

戚茉，妳要不要？

她看向姚風，而姚風對著她笑，不說話、不發表意見，只是給她一個溫暖的笑容。她曾經告訴過姚風不上大學的理由，所以她比誰都清楚關於自己的遺憾，那個稱之為夢想的機會，此刻擺在她面前，問她願不願意去實現。

放棄，是因為自己孤苦無依，只得做取捨，可現在，沒有理由——

「想，」她開口，聲音沉靜堅定，「想學。」

姚風微笑著，覺得眼眶有些熱，心裡滿滿的安慰。她知道，戚茉一直是個有勇氣的孩子，放得下、也拿得起，這樣的戚茉，讓她好驕傲。

「我不管！為什麼她一點事都沒有？」她坐在沙發上滿是氣憤，「哥，你不是說要幫我出氣嗎？都好幾天過去了，我的氣還在這呢。」她比了比自己的喉嚨。舒呈的臉色也不好看，但多半是因為眼前人的緣故，「妳會告狀，別人不會嗎？讓人在網上放消息，可沒多久Deus全壓下來了，一點蹤影也沒有，他們防得很嚴，妳這又是小事，動員太多反而惹得人講話。」

「戚茉她憑什麼對我那個態度啊，愛理不理、講話還很酸，跟那個言玄肆沒兩樣。」

「妳不是倒還喜歡言玄肆嗎？現在還嫌棄了？」

「哼，」舒乙莘驕傲地側過頭，倔強地說，「言玄肆有身分，看在那個言姓，該笑還是得笑啊。」

「妳能不能不要每個合作對象都要招惹？當初不是答應不亂發脾氣嗎？」

「我發脾氣？」她難以置信地看著自己的哥哥，「他們一個一個都不給我好臉色看，我還不能有情緒了？哥，我是你親妹，你不讓公司那些老女人閉嘴就算了，現在還要幫著外人欺負我？」

「把妳在家那副德性給我收斂。」舒呈低下聲，嚴肅了些，「有件事妳給我記清楚了，妳這樣的個性在這圈子裡早晚會被收拾，沒有人會讓著妳，要人讓著妳，紅了再說，而且不是靠著負面新聞紅。」他是真的生她的氣，話說得有些重，「我們公司打算把那些Deus的人當作是妳的踏板，在妳踏過他們之前，少擺架子。老是嚷嚷著戚茉怎樣怎樣，這次合作，妳跟她的拍攝費差了多少，又跟言玄肆差了多少，妳知不知道？還在他們面前說什麼話，廠商都快不要妳了。懂事點行嗎。」被舒呈的語氣嚇到了的舒乙莘一時不敢吭聲，心裡卻很不服，氣一上來，她猛然地站起身，口氣依然尖銳，「你嫌我不懂事，可我這也是你跟家裡慣出來的，現在不順心了才來怪我。我就不懂事，我就要鬧，讓你後悔！」

舒乙莘氣沖沖地跑出辦公室，舒呈嘆了一大口氣，牙一咬，有點自責自己剛剛說的話太過頭。可乙莘的個性不改不行，總有一天會是個傷害。他把臉埋進雙手裡，因為自家妹妹鬧了他好幾天，又加上公司的壓力，舒呈此刻是滿滿的疲憊。

二

兩周後。凌晨時分，攝影棚早已是忙碌狀態。

一個個新鮮面孔正坐在化妝室裡吹整頭髮、畫上雜誌部要求的妝，正在為拍攝做準備。每個工作人員都馬不停蹄地完成自己的工作，深怕有一點失誤拖累整個組別的拍攝效率。

「希望這批新人不要讓我們失望。」雜誌部相關的負責人看著他們的化妝進度，語重心長地和一旁來觀看的基礎課老師說，「這可是第一次新人直接上雜誌，連最超常的戚茉也沒有這樣過。」

「就算她當初拍的不是小刊而是雜誌，也會做得很好的。」那位老師同樣緊張，「他們這幾個……多多包涵，罵是能罵，但不要太高要求，可以嗎？畢竟是第一次。」負責人嘆，「雜誌要革新，不容易啊不容易。」

坐得離兩人最近的湯沂將對話聽得一清二楚，原本平靜的心也緊張了起來。

這次的雜誌拍攝，他們有四個人被選上，湯沂是其中之一，被那個女生猜中了，選上的原因倒不是湯沂多適合鏡頭，只是因為漂亮，基本動作也擺得自然，才勉強從許多人中算是脫穎而出。

由於只是雜誌的某些頁面會用上他們，並不是主要，所以他們只好在凌晨這種時間點先行拍攝，比較重量級的模特擺在後頭。

然而，他們的拍攝並不順利。畢竟是第一次，如此的燈光效果是第一次、如此多人觀望的時刻是第一次、如此專業嚴肅的狀況是第一次，不斷地被挑剔、不斷地被要求新的姿勢表情，在湯沂前拍攝的女孩好不容易過了，走回化妝室就忍不住哭了出來。而湯沂是第二個次序，當她站在鏡頭前，一動也不動的時候，攝影師不耐煩地開口，「美女，不要像個木頭一樣，來拍雜誌的，不是拍證件照的。」最後她也是勉勉強強地過。

攝影棚裡的氣氛很低迷。

這時候同樣要拍攝雜誌的柳藝到了，大家更慌了，原本定好的時間現在卻只拍好兩個人，硬生生地撞上首席的時間。不過幸好是柳藝。負責人這麼想。她上前打招呼，「今天是新人先拍，時間有點遲了，先坐著等等吧。請問，今天有別的行程嗎？」柳藝坐在休息區，淺淺地微笑，「沒有，許姊都幫我們排開了。玄肆前輩等等就到。」負責人僵了僵，也努力微笑，「好的，不好意思了。」

「不會。」柳藝看到剛結束的湯沂站在一邊，似乎不想回化妝室，又沒有地方坐，而她正好也望向自己，便很友善地望著她，「是新人吧？過來這裡坐。」

湯沂猶豫了幾秒，走過去，安靜地坐下。

她不說話，柳藝也不開話題，兩個人就沉默地看著正在拍攝的人。沒有多久，另一個人也到了，「柳藝姊，好早啊，還是老樣子，都喜歡提早到嗎？」她側頭看過去，溫柔地笑，「從美國回來啦？」

封亦雙手放在褲子口袋裡，洋溢著笑，在她身邊坐下，「回來啦，岳姊終於肯放我回來了。」

「歡迎啊。」

「唉，我在你們雜誌這一塊幾乎就是個菜鳥，碰都沒碰過，不知道為什麼這次讓我參一腳了。」封亦看見了旁邊的湯沂，也對她揮揮手，「妳好啊，妳也是一會兒要一起拍攝的夥伴嗎？」突然被搭話，湯沂還沒理解情況，柳藝就先答了，「她只是新人罷了，拍攝已經結束了。」

「喔這樣，」他無所謂地笑笑，繼續跟她打招呼，「我叫封亦，平常在伸展台部，不過幾乎是在美國活動，最近回來的。」湯沂安靜地點頭，沒多說話。他見人家不太搭理他也不尷尬，自顧自地左顧右盼，「姊，這人怎麼拍這麼久，雜誌都拍這麼久的嗎？」

一個談話的時間，拍攝還沒結束。柳藝依然清清淡淡地笑著，「新人嘛，什麼都還不會。」

封亦笑出聲，卻也沒再說話。他聽得出來，柳藝話中的優越，想起了岳墓叮囑他的：公司上面最近有點變動，眼睛放亮點，不要總是姊姊哥哥地喊，什麼都不知道。

而以前的柳藝，從來就不會因為首席的位子而表現優越感。

現在呢？

封亦站起身，「我去吹吹風，這裡真無聊。」

後來封亦還是被特地來「關心」他的岳幕從外面拎回來了。

「岳姊，這裡真的很無聊啊，等等等的。而且妳哪是關心？妳這是監督。」

「哪件事不是需要等的？你就這點能耐？」岳幕知道這孩子的脾性，對他是軟硬兼施，「而且你也不小了，成熟點。」

「相較於大多數的人，我還算年輕的呢……」

「認真點，雜誌跟伸展台一樣重要。」

等到四個新模特拍完後，言玄肆和戚茉都已經到達。工作人員怕言玄肆、但更怕戚茉，兩個人都是臉色不會好看的人，戚茉更是不愛講話、不知情緒，讓這兩個人等，實在是兩大心理負擔。所以在他們到了之後，負責人趕緊先上去做點主題簡述，不浪費半點時間。反倒是封亦看見故人了，開心得很，言玄肆剛坐下，人就跑到他眼前，「玄肆哥，好久不見了。」

他和封亦的關係不錯，而封亦對他甚至比對柳藝更親一些，言玄肆拿下墨鏡，「回來了？岳姊肯讓你回來？」

「是上頭有召，才讓我回來，跟你們一起拍照。」

這兩人談話，完全把負責人晾在一邊，「那個，各位……」

站在一邊的戚茉也戴著墨鏡，將自己大半邊的臉都遮住，但唇色有些白。封亦看見她如此，一臉擔憂，「戚茉妹妹，妳還好嗎？」

這伸展台模特群裡面，也只有戚茉一個比他小，他也特別喜歡她，雖然她總是不太搭理他。

「身體不舒服，不回去休息嗎？」

「我剛來你就讓我回去？」很冷的聲音。

負責人僵了僵，又鼓起勇氣開口，「我們……」

封亦趕緊壓著她的肩膀讓她坐下，「不得了了，這人只要沒睡好脾氣就暴躁。」言玄肆聞言，側頭瞥了她一眼，轉頭向負責人道，「趕緊吧。」

負責人都想哭了，「我們、我們這次的主題——」

只要沒睡好，脾氣就暴躁。

也只有封亦發現這件事。雖然戚茉的暴躁也只是比平常更不愛理人、講話比較狠比較酸。她待在伸展台組的時間不長，一起共事的時間也就只限於新春展和秋季展，可封亦很喜歡親近她，很單純地，像是親人一般，總是噓寒問暖、還喜歡跟她講笑話，整個人活得很單純，情感也很單純。但他心很細。伸展台彩排常常熬夜，戚茉也不是說睡就能睡的人，短短的休息時間是用不著的，而其他人則是顧自己都來不及，怎麼會顧慮旁人。封亦確實是心細，不然也不會發現戚茉這麼一個小毛病。

「——所以還請各位多多配合，我們很期待這次的作品。」

柳藝輕聲笑笑，「還希望戚茉可以習慣這次的主題呢。」

封亦也擔心地瞄了她幾眼。

「先換衣上妝吧。」戚茉倒是不怎麼在意他們的目光。

「我跟戚茉搭檔拍吧？」封亦問。

「不是的，你跟柳藝拍，戚茉跟玄肆拍。」柳藝的心裡一緊，表面不動聲色，「那我們趕緊吧。」

這時，言玄肆冷不防說了一句，「一組一個化妝室吧，分開。」也不管別人答應了沒，就逕自走往其中一間。岳幕說公司上面有變動。封亦想，首席是要分家了嗎……

換回衣服的四個新人早已等在一邊要觀摩，湯沂看著他們，深深感覺到自己和戚茉的距離。新人和首席身邊。

明明幾個月前，她還和她是同學……

三

等到化妝室關上門，兩個人都落座後，戚茉摘下墨鏡，揉揉眉心，專用化妝師看見她的臉不禁嚇了一跳，「戚茉妳黑眼圈怎麼這麼重？怎麼回事？」

言玄肆聞聲看過去，輕蹙起眉，沒說話。她眼下有著濃濃的黑眼圈，神色疲倦而沒有精神。姚風這時推門進來，看到化妝師的表情，略帶歉意地笑笑，「化妝吧，儘量能遮就遮。」

「這……要不回去休息吧？」化妝師神色擔憂。

「化就行了。」戚茉口氣裡的否定意味濃厚。而當事人都開口了，她當然只能遵從，「好。」

「這次的主題，我請柳藝他們那組先拍了，玄肆，可以嗎？」姚風很有禮貌地詢問，顧慮到戚茉的狀況，她希望言玄肆可以答應。

「無所謂。」人已經開始上妝，閉著眼睛，聲音不冷不熱。姚風本以為言玄肆會親切一點，好歹他們也相處過一個下午，但顯然這不太可能。不過他肯遷就她們就很好了。

她這樣擔心不是沒有原因的。戚茉連續幾天睡眠狀況很差，心理狀況也不好，所幸工作都能好好維持，但這次的主題，是要表達出全然的喜悅、有小情侶打鬧、相愛的甜蜜感，以搭配衣服色塊鮮豔的主題，可戚茉以前從沒試過這樣的感覺，即使需要笑，也是冷豔的笑，像孩子般的笑容、平時生活也沒看過她這樣，而現在身體狀況這麼糟，姚風更是擔心。

「戚茉，先換衣服吧。」她打斷化妝師的進度，「等等要做頭髮，換衣服不方便的，少麻煩一次吧。」戚茉沒吭聲，人直接起身往更衣室去。姚風趁著這個空檔要求跟言玄肆談話，把不相干的人都請出去，只有跟著他好幾年的專用化妝師還繼續工作，是懂事的人，只會化妝，不會八卦。

「等等戚茉就麻煩你了，她的狀況比較不好。」言玄肆睜開眼睛，看著鏡子裡的姚風，「姚姊，這樣的情況，換作是別人，我只會說不干我的事，做不好就是做不好。」

「我明白。戚茉不求人，我幫她求。」

「她進來這個圈子，就不能拿自己是孩子了。」

「她哪裡像孩子了？」她忍不住說，「你是看見的，不是嗎？」

「是什麼原因？」他低聲問，問的是戚茉為什麼狀況不好，「妳總該知道。」

姚風沒回答。他見她安靜不語，又閉上眼睛不去理會她，雙方默了會兒，言玄肆才落了句，「我會看著辦。」

化妝室的氛圍一直很安靜，直到兩個人都上好妝，言玄肆把所有人、包括姚風，都遣出去，只留下戚茉和自己。眼前的戚茉已經沒了那副病懨懨的樣子，黑眼圈也完好無暇地遮住，髮型和衣服都充滿了明亮氣息，掩去她平時的樣子，像是換了個人一樣。言玄肆忽然想起，其實她也只是個十九歲的女孩，該是這樣明媚亮眼，去享受生活。

不知道他心思的戚茉見他把人趕出去卻又不說話，疑惑地側頭看他，聲音鎮定清冷，「什麼事？」他站在她面前，又想起在練習場的那一天，彎著腰想細看她，手就不由自主地伸過去，溫暖的手背貼在她的額上，出乎意料的冰冷讓言玄肆不禁皺眉，開口的聲音卻柔和了些，「沒有發燒。那有沒有其他地方不舒服？溫度怎麼這麼涼？」

戚茉愣了愣，想不通他突如其來的關心出自何意，下意識蹙眉，「我沒事。」

他見她皺眉，有些不高興，手指輕點她的眉頭，語氣帶著警告，「習慣了是不是？」

「你幹嘛突然這樣？」戚茉往後躲著他的手。言玄肆這才直起身，漫不經心地拉了張椅子坐下，「只是看妳狀況不太好，關心一下罷了。」

「你也會關心人？」

「怎麼？幫妳吃過青椒和苦瓜之後就忘恩負義不給關心了？」戚茉撇過頭，有些無語，「不是這個意思。」言玄肆看了一下手機時間，轉頭看她，語氣認真，「能依賴我嗎？」她聞言看過來，有些不明所以，又有些驚訝。

「戚茉，」他看著她的眼睛，看進那天夜晚咖啡館吧台前的她的哀淡、看進那天下午練習場上的她的笑意、看進此刻他面前的她的半信半疑，望著她的眼睛讓他更加篤定，「這個世界上，或許沒有光，也或許沒有妳，妳信嗎？妳就看著我，做一場不屬於妳的夢。」

當他們從化妝室裡出來，柳藝和封亦已經開始了一段時間。不過，封亦顯然放不開，總是嘀咕著自己年紀小，還沒談過姊弟戀，不會和柳藝互動，不習慣柳藝的眼神。

來監督的岳幕在一邊笑，看見他們倆出來，便閒聊道，「要不是知道這小子純情的跟什麼一樣，我在一邊看了都想發火。」戚茉看著岳幕的笑容，忍不住緊張，緊張了胃就疼，她頭一暈、伸手抓住旁邊的人，閉了閉眼，試圖讓自己恢復。莫名被攥住手的言玄肆低頭看她，又抬手探了探她的溫度。戚茉偏頭避開他的手，語氣帶著不耐，「只是緊張，沒發燒。」

「果然沒睡好脾氣就暴躁是真的，還加上緊張。」他似笑非笑地嘀咕一句，把人一攬，攬進自己懷裡，戚茉完完全全地傻住，還沒反應過來臉就直接撞上他的胸膛，而言玄肆對於這個舉動倒是沒多想什麼，只是為了讓她的視線離開拍攝現場，聲音低得像是在哄小孩，「別看了，緊張還看只是自找難受罷了，不是讓妳看著我嗎。」她的額頭被迫抵在他懷裡，她還穿著平底鞋，身高連他的下巴都不到，這時靠著他，恰恰在心臟的位置，感受著他一下又一下穩定的心跳。他的手掌還牢牢地壓著她的後腦，不讓她動彈。

「你不是說，讓我顧忌你、離你遠一點嗎？」因為兩人的姿勢，她的聲音悶悶地響起，「現在怎麼這樣？最不耐煩別人、最事不關己的人，怎麼這麼好了？」

「忘記一見如故了？」他看著還在拍攝的兩人，臉上又是那副冷冷淡淡的樣子，「不過，是該顧忌，妳永遠都不能忘了顧忌我。」

「言玄肆，你知道你說的話很矛盾嗎？」

矛盾嗎？言玄肆閉了閉眼，一點也不溫柔地拍幾下她的頭，「不緊張了？」

「再碰髮型會壞的。」戚茉從他懷裡掙了出來，語氣不佳。

「我們之間就簡單點吧，」言玄肆平淡地說，目光這才轉向她，「什麼假裝都不用，妳要發脾氣就發脾氣，就像現在，不用拘謹。我也一樣。」

「什麼？」她越來越聽不懂他的話。她看著他，等著他說話，卻沒等到言玄肆開口，另一邊的拍攝工作先告一段落，用來打光的刺眼白燈驟然熄滅，她望著的言玄肆的眼睛也頓時沒了亮點。

他的眼睛，就在她眼前失去光亮。

／

這麼多年來，他的矛盾從來就不是一夕而就。

求而不得、得非所要，輾轉顛簸、得又若失，他要用什麼言語去向眼前這個女孩訴說，訴說那些他自己都無法理解、無法控制的心情和想法，又該如何去無視早已看見的結果，將她、將生活、將自己再一次拉入漩渦。

於是，不能無視，只能若即若離。

四

燈再度亮起。

瞬間的刺眼讓戚茉瞇了眼睛，言玄肆的手快速地蓋在她的眼睛上方，替她擋去光線，而他的目光依然在她身上，「沒什麼。」

「二組拍攝人員準備！」遠處的工作人員喊道。

「走吧。」他放下手，逕自走向拍攝場景。戚茉抿起唇，脫下自己的平底鞋，換上拍攝需要的高跟鞋，也跟著走進場景裡，看見攝影師依舊是易源溟，便默默地點了頭當作招呼。易源溟以微笑作為回禮，「輕鬆地來吧，像小情侶一樣。」

言玄肆轉向戚茉，低語道，「一開始妳就閉著眼笑，什麼也不要看，就跟著我，等妳覺得可以了，再張開眼睛。」

「好。」

「現在這麼好說話？」

「……我相信你還不行了？」

「行。」他伸手攬過她的腰，把她抱近自己，額頭貼上她的，聲音更低，「開始了，閉眼吧，記得笑。」戚茉還來不及有反應，自己聽見他的話就閉上眼，然後勾起嘴角。在她閉眼微笑的那一刻，言玄肆也隨即變了表情，笑得非常溫柔，眼神也很深情，用著寵溺的姿態貼近著她，而閉著眼睛的戚茉笑意盪漾，兩人看起來很親暱。

快門聲響起。

言玄肆暗自數著易源溟的快門聲，差不多三、四聲就換一個姿勢。在他無聲的帶領下，兩個人的畫面都很漂亮，也很符合主題。只是戚茉終究要睜開眼睛，眼睛必須傳達情緒。

在一次動作的靠近下，言玄肆輕聲喊她，「戚茉，我之前跟妳說過什麼？」

「嗯？」

「戚茉，這一瞬間妳必須走出來。妳不是戚茉，妳只是雜誌裡的一個角色。」

兩人的動作似乎停擺了，易源溟發現這個狀況，停了下來，卻不打算出聲打擾，他示意一邊的助理等待。知情的姚風也在角落看著他們，心急，可沒有人有動作，她也不敢上前打擾，只能暗自擔心，「戚茉……」

兩人的動作依然不變，只是他默默用了點力，微抱緊了她，「戚茉。」

戚茉閉著眼，手卻不自覺抓緊衣角，「言玄肆，我做不到……」回憶突然就湧上來，措手不及，在她徬徨緊張的時刻狠狠侵襲她。

「睜眼。睜開眼。」

「我沒辦法笑——」

「沒要妳笑，讓我看看妳的狀況。」

戚茉緩緩睜開眼，仰頭看他，她的雙眼紅得嚇人。言玄肆心裡一緊，表面不動聲色，「看著我，什麼都不要想。」

「只要想起笑著的時候，就會想起他們，可他們——」她望著他，怎麼樣都說不下去，說不出口，關於他們的離去。

就在去年的這個時候，她真正地失去所有。

啪——

攝影棚頓時陷入黑暗。

「什麼？怎麼回事？」

「跳電了，各位人員請稍安勿躁。」

「緊急照明呢，快聯絡一下。」

耳邊是工作人員的驚訝聲和腳步聲，而放在戚茉腰上的手則穩穩地攬著她。

「戚茉，」言玄肆喚她，確定她有在看他，「能不能、想想現在？」

她看著他的眼睛，似乎在大家紛紛拿出手機照明的微光裡也看見了他眼裡的光。

「如果過去太沉重，就想想現在，想想姚姊，想想現在的那些好，好不好？」他笑了，不同於鏡頭前的笑，而是真正有感情的笑容，就好像真的、在鼓勵她。

戚茉搭在他肩上的手一緊，眼淚就掉了下來。她想起的不是姚姊，是他。

想起他在練習場為她分去討厭的菜，想起他伸手接住巧克力、問句裡的隱約笑意，想起他不知輕重卻固執地為她擋去視線的擁抱。

對姚風，她一直是既感謝又愧疚，因為無法向她打開心扉，所以在她眼前總是努力獨立、讓自己像個大人；可在言玄肆面前，自己卻像是個孩子，會耍賴、會有情緒，她在外人面前的所有裝扮都是無謂。

她再度望向他的眼睛，而周圍的燈驟然亮起，連帶他一起在她眼前清晰。

——妳就看著我，做一場不屬於妳的夢。

她終於懂，他所說的一見如故。

一見如故，所有的防備都無須，所有的疼痛都將息。

戚茉忽然想，讓她真正依賴的，好像是眼前這個人。

言玄肆。

湯沂看著突然轉變的戚茉，心裡複雜得很。剛剛還無法順利擺出表情，現在卻會笑了，雖然別人看不出她的勉強和憔悴，但是她看得出。縱使她已是聚光燈前耀眼的戚茉，她仍是湯沂相處了近三年的朋友戚茉。

「需要這樣嗎……」她喃喃自語。

「原來就是這樣的感覺啊，」一旁的女孩忍不住抓著她的手，目不轉睛地看著拍攝的兩人，語氣裡滿是讚嘆。湯沂不著痕跡地掙脫她的手，她也沒察覺，一臉天真爛漫地望向她，「小沂，我們以後是不是也能這樣？」面對著她的眼神殷切，湯沂卻連禮貌的笑都給不出，「不知道。」

「果然還是要長得好啊。」女孩轉回去嘆息，「長得好，未來都不用愁……」

湯沂沒聽在心裡，所有注意力都放在口袋裡震動著的手機，她往旁邊挪了一步，直接手伸進口袋把電話掛斷。她連看都不用看就知道會是誰打來的，除了責罵怨懟，又還會有誰這麼不依不饒地找她。自從她決定休學，到這間公司面試，她就被那人貼上了各式各樣的標籤，不孝、背叛、失敗……，也是從那時起，有個畫面一直被她記起，就是那天午後，戚茉在她面前把手機SIM卡折斷、丟進垃圾桶裡。她從未細想戚茉轉變的原因，從未關心、從未在意，至今想來，是要有多大的意念才能讓自己切斷所有的聯繫？那股意念的產生，又是有多少負面的事物堆疊才能推動？就如同自己遭受過的學生時期，戚茉是不是也有一個坎？

可戚茉現在，正在鏡頭前笑得這麼燦爛。

「應該沒什麼事了，我先走了。」湯沂跟身邊的女孩說一聲，人就默默地走出攝影棚，也不顧身後人的詢問，自顧自地、只想離開這個地方。

封亦靜靜地坐在休息區，看著言玄肆和戚茉，心裡有些悶。岳幕看著這孩子忽然地安靜，便過來問了問，「你怎麼回事？」他抬頭看了眼，視線又轉回前方，「岳姊，拍雜誌都要這麼辛苦？」

「辛苦？」

「玄肆哥平時不是這樣的人，戚茉也不是，更何況，戚茉狀況也不好，可還是要這樣，不辛苦嗎？」岳幕默了會兒，隨即笑道，「小子，誰的路不辛苦？伸展台彩排的時候誰還跟我唉聲嘆氣喊累的？」封亦微笑，「嗯，是我。」

她輕嘆口氣，並沒有讓他察覺，「封亦，這都是人們的選擇，世界上，感性是一回事、理性又是另一回事，不得不分開。」

「分不開怎麼辦？」

她回視那雙看著自己的眼睛，勾起嘴角，「你當我是哲學家啊，我怎麼會知道該怎麼辦。」

「騙人，」封亦也笑，「岳姊妳對我來說就跟蘇格拉底一樣。」

「原來你這麼崇拜我？」他愣了愣，「這什麼邏輯？這又不代表崇拜。」

岳幕爽快地回答，「跟蘇格拉底一樣的邏輯。」

「……妳贏。」大概是年紀問題，封亦每次都沒說贏過她。

岳幕忽然想起了去年的這個時候，才明白過來戚茉先前的反常。

「……封亦。如果感性和理性分不開，可以讓你任性地過生活，但條件是會讓自己受傷，你會選擇任性嗎？」他看見她的若有所思，卻不明白她提問的目的，只能實話實說，「可是，不能依著自己的意思過生活，就不算是一種受傷嗎？」

／

拍攝結束。

「辛苦了！」工作人員們相互說道。

「這次也是好作品，辛苦你們了。」易源溟斂著笑，「戚茉，好好休息吧。」

「按例，一會兒把作品傳到我這來，」言玄肆的手還悄聲無息地虛扶著她的腰，「麻煩你了。」

「不麻煩。」他轉身收拾自己的東西。

「還好嗎？」他轉而低頭向她低聲問。

「我——」一瞬間，她的世界陷入一片黑暗。

五

醫院。

封亦坐在椅子上，雙手抱胸，望著病床上的人發呆。眼睛不小心闔上，又猛然睜開，這樣來來回回好幾次，最後還是苦撐著張開眼。然而這一張開，卻讓自己嚇了一跳。

原本躺在床上緊閉雙眼的人現在卻兩眼無神地望著天花板，毫無聲響。

「戚茉，」他趕緊站起身，手在她面前揮啊揮，「醒了？沒醒？」她一點反應也沒有，像是靜止似地，這讓封亦開始焦急了，「妳別嚇我啊，眨下眼睛也好，該不會……」

戚茉的視線忽然落在他臉上，緩慢地眨眼，聲音微微沙啞，「太吵了。」

封亦這時才鬆了口氣，整個人攤坐在椅子上，還不忘先按下病房的通知鈴，然後給姚風打電話，「……嗯、她醒了，還好，人還有反應，嗯好……」

她的視線又回到天花板上，靜靜地聽著封亦的聲音。

一會兒後，他才放下手機，醫生和護士也正好進來，「終於醒了，應該是沒有大問題了。」他們走近床邊，做了些例行檢查，「還有沒有哪裡不舒服？」戚茉搖頭。「是過度疲勞，最近也勞心傷神，所以身體撐不住。」醫生寫著表單，抬頭叮嚀著，「現在只能休息，該吊的點滴也沒剩多少了，要吊完。要是輕忽，身體會越來越糟的。」

她漫不經心地看了自己的手背一眼，不禁對著滿遍的瘀青皺起眉。醫生也察覺了，體貼地說明道，「因為妳的血管太細，這是正常現象。拔針之後冰敷個兩、三天，慢慢就會消了。」

「還有什麼要注意的嗎？」封亦問。

「最主要就是要休息，飲食均衡，心情保持輕鬆平穩。」

「好，謝謝。」

病房又剩下他們兩個，封亦還是很不放心地用手在她面前揮一揮，「剛剛真的以為妳變成殭屍之類的了……」她嫌煩想要抬手去拍掉封亦的手，卻忘了手背上的針頭，就這樣硬生生地扯了一下，疼得她眉頭緊緊皺著。封亦被她隱隱泛紅的貼布嚇了一跳，「好了好了，不揮了，我看看是不是流血了，會痛妳自己也注意一下啊，幹嘛折磨自己。」戚茉手一躲不給他看，聲音比平常還要冷淡，「夠了啊，你這婆婆媽媽的個性就不能改改？」

封亦擺出委屈的臉，手卻還是去幫她倒了杯水，讓她抿幾口，又略帶怨婦性質的口吻道，「妳要是早點醒，就享受不到婆媽的待遇，而是冷面冰山的注目。」

「……冷面冰山？」

「嗯，玄肆哥早上有行程推不掉，不得已才走。還是我最清閒，陪了妳四天呢。」

「四天？」

「是啊，今天是第四天。」見她有了些反應，他又忍不住多說點話，「咳咳，好啦我幫玄肆哥說個話，他也陪了妳三天半？嗯，差不多。總之呢，妳終於醒了，我們這幾天都不算什麼了。」

她感覺頭痛，隱隱地皺眉，手下意識要去碰額頭卻再一次地扯到針頭，戚茉「嘶」地一聲，人開始煩躁，「下午幫我辦出院。」

「這怎麼可以？妳起碼要休息完才能出院。」

「我不要待在這裡。」

封亦想起姚風提醒他的，要是戚茉有什麼堅持要違抗的，那他就一定要比她更堅持說不，於是，「不，妳要待在這裡。」

「管那麼多？」

封亦不敢說話了，這樣的戚茉殺氣太重……

下午，戚茉果真背著姚風辦了出院，殊不知才出了病房門就被言玄肆堵了個正著，她毫不懷疑地瞪向身後的人，默默提著行李的封亦縮得更小了。不讓他跟姚風說，他只好跟他的玄肆哥說。言玄肆看著她依然蒼白的臉色，又瞥見了她滿是瘀青的手背，「去哪？」

「公司。」

「姚姊知道了嗎？」

「不知道。」與他沉默地僵持了一會兒，戚茉緩緩抬頭望他，看著他的神情是欲言、又止，最後只說出了一句，「我不喜歡醫院，你讓我走。」

言玄肆望著她的眼睛，閃過一絲猶豫，下一秒便將自己的帽子扣在她頭上，「封亦，你在這等姚姊來吧。」沒等他應答，言玄肆就握住了她的手腕，將她帶離病房。他就這樣拉著戚茉，而戚茉亦步亦趨地跟著，帽簷被他壓得很低，她什麼也看不見，卻讓她莫名得心安。

他把她拉進電梯，轉過身的過程慣性讓她撞進他懷裡，以為他會退開，然而並沒有，他伸出手扶她的腰，讓她站穩，兩人就保持這樣近的距離。

言玄肆盯著不斷變換的樓層數字，什麼話也不想說。

「言玄肆，我做不到……」

「只要想起笑著的時候，就會想起他們，可他們——」

四天前的她的樣子還深深地在他腦海裡，她語氣裡的無助與害怕如此真實，然而在她醒來之後卻又是那副冷淡獨立的模樣，看在他眼裡盡是勉強。勉強又為自己換上偽裝。

「我不喜歡醫院，你讓我走。」

她的話語讓他連結出了一個猜測，而他不願意問，出於直覺反應，任何哀傷、任何疼痛、任何謊言，他都不想讓她回溯，於是什麼話也不說。

她想走，他就帶她走。

／

舒乙莘摘下自己的披肩，交給身旁的小助理，眼裡盡是無聊及不耐，正好襯著她的目中無人。而看在她的經紀人眼中，只是虛有聲勢。她輕嘆一口氣，不敢讓她聽見。

「聽說戚茱告假，今天來的人又是誰？」她輕輕打了個呵欠，「言玄肆嗎？」

「不是很清楚。」

「妳連這都不知道啊，公司到底要妳來幹嘛？」

「舒小姐——」正要回答，一旁卻起了騷動。她們紛紛看過去，拍攝企劃的負責人正笑臉盈盈地迎接某個人，那人讓舒乙莘瞬間皺了眉頭。

「許姊，真的是好久不見了啊。有妳來，拍攝更讓人放心啊。」負責人說著浮誇的話語，許靜也不太搭理他，直接切入主題，「拍攝的事都好了吧，可別人來了還得等啊。」

「好了好了，都準備好了，就等模特換裝上妝。」

許靜隨意把手插進褲子口袋，瞥了眼舒乙莘，滿不在意地說，「你們給的企劃書我看過了，也聽說戚茉上次提過幾個東西，不過，怎麼就沒改在裡面呢？我倒是覺得改掉那幾個地方挺好的。」無所謂的口吻，聽起來倒煞有其事，讓聽的人不敢無所謂。負責人反應很快地拿出了紙本，「許姊，妳說的是哪部分呢？我們馬上改，等等拍攝時就改……」

柳藝才剛進攝影棚就看到了這個場景，覺得有趣便笑了，葉葉好奇地問，「柳藝姊姊，怎麼了？」她斂下眼，笑得更溫柔，「沒什麼，許姊啊，是越來越會演戲了。」

舒乙莘顧忌的人，許靜是其中之一。只是一個經紀人，影響力卻很大，人脈、資源、眼力……，縱使舒乙莘狂傲，然而在許靜眼前，就只是隻紙老虎，三言兩語就能讓她氣得跳腳。

「言玄肆來的時候不見她，這次柳藝來，她跟著來幹什麼……」她嘀咕，隨即揚起一個笑，看得她身邊的人有了不好的預感，「舒小姐？」

「哥哥不是說，言玄肆跟柳藝的地位關係很微妙嗎？偏偏還是同一個經紀人，真有趣，我就不信許靜會護柳藝。」

／

「進去吧。」言玄肆刷了卡，將門推開。戚茉抬頭望了他一眼，隨後踏進玄關，他跟著，在她身後關上門。然而，進門後戚茉就呆立著不動，言玄肆只好繞過她，脫了鞋、光著腳踏上客廳的地板，從架上拿起唯一一雙拖鞋，放到她腳邊，然後就這麼蹲著身子、仰起頭看她，聲音帶著溫度，「戚茉，把拖鞋換上，進去休息。」

她仍然動也不動，言玄肆嘆了口氣，站起身，摘下她的帽子放到一邊的櫃子上，不顧其他地，伸手就抱住她，沒有縫隙地將她環緊，無奈低語道，「妳又不聽話了……」

戚茉整個人在他懷裡，看不見臉，但早已泣不成聲。

還是被發現了。總是被他發現。

儘管在帽簷下，她想忍住突如其來的眼淚，卻在他面前徒勞無功。

在這些日子裡她照樣作息、工作，不讓自己想起一年前的事故變化，在回到那個房子時她沒有哭、在父母的照片前她沒有哭、在墓碑前她沒有哭、在姚風面前她也沒有哭、一個人的房裡她也不許自己哭，忍了又忍的眼淚，在夜裡都是漫長的逞強，令人麻木。

可所有的逞強都在他關上門的那刻，不明所以地變成了疲倦。

即使如此，不想撐著卻執意撐著。

而他，發現了卻什麼也沒問、沒勸，只是將她的世界縮小，留給她一個人，好好地哭。

六

柳藝和舒乙莘兩人同在一間化妝間，本該是寒暄應酬的時刻，雙方卻無比安靜，安靜地連各自的化妝師頭也不敢抬，只是沉默地專注在自己的雙手以及模特臉上。

許靜坐在柳藝旁邊翻著雜誌，對這樣沒有交談的空間倒是自在，而柳藝的臉上始終保持著淡笑，一副溫婉柔和的姿態。舒乙莘透過自己面前的鏡子看著她們，沒什麼表情，心裡卻不大舒服。從剛剛見到柳藝之後，她就一直對她這個笑臉感到異樣，卻說不上來是哪裡奇怪。常聽自家哥哥說Deus的事，也提過柳藝這人一路走上首席之位，但身後卻一點背景也沒有，靠的是自己。是該惦記著。舒呈告誡過她。

舒乙莘努努嘴，這個動作讓正在上口紅的化妝師畫歪了，無辜地被她瞪了一眼，趕緊道歉。要是平常，她早就罵人了，礙於後方這個笑臉盈盈的女人，姑且放一放，她不說話，她就不先開口。舒呈要她惦記，她偏不，沒一點勢力的人，憑什麼讓她惦記。

然而，堂堂舒大小姐耍的也只是小伎倆。

假裝喝水卻潑水到柳藝的裙上、笑裡藏刀的諷刺言語、拍攝過程犯下錯誤使得大家都不得安寧，舒乙莘一人玩得開心，柳藝的淡笑卻絲毫不減，更顯得她大方識體。跟在一邊承受著這樣待遇的葉葉早就急得不行，中途跑去跟許靜告狀，可許靜面色自然，照樣沒什麼表情，只告訴小助理：「妳要是看不下去，妳就走。」

終於，好不容易拍攝結束，柳藝獨自一人站在走廊上，舒乙莘從攝影棚出來見到她也心裡明白，帶著笑容直接走到她面前，「有話要說？」柳藝溫婉地笑，聲音溫柔，「是，跟妳單獨說。」

舒乙莘點點頭，旁邊的人不等她的指使就趕緊走開，能走多遠是多遠。

「柳藝姊姊？」她喚著這四個字，「有何指教？」

柳藝向前跨了一步，更靠近她，依舊是溫婉笑容，「舒乙莘，今天玩得開心吧？不過，我還真不忍心看下去，果真是小貓一隻，用著小爪子撩撩人就以為能讓人疼了？」舒乙莘正要反駁卻被打斷，「——我還沒說完呢，急什麼。」

下一秒，柳藝臉上的笑容頓失，一如人偶一般毫無生氣的表情，讓舒乙莘暗自嚇了一跳，「今天從妳這裡承受的一切，有一天，我會好好地還給妳的。」她又隨即笑出了聲，微微欠身，在她耳邊低聲道，「舒乙莘，我平生最討厭的，就是你們這些自以為是權貴的人。我不怕你們招惹，你們招惹了，才能讓我痛快。畢竟，從雲端摔到底層，還能好好活著的人，實在是沒幾個。」

她直起身，一如剛剛溫婉優雅，「那麼，我先告辭了。」

舒乙莘留在原地，有些緩不過來。

她終於知道是哪裡有異樣。柳藝的笑爐火純青，維持得太過自然，像是帶了個面具，卻沒有人味。如同她剛剛頓失笑容時，毫無生氣。

舒乙莘有些後怕，她從柳藝身上感受到了詭異。

詭異地使人有些發毛。

／

封亦像個做錯事的小孩，臉上寫滿心虛，跟在姚風身後，平常的隨性輕鬆都不見蹤影。姚風也沒太在意他，一個人默默拿著戚茉的行李回到戚茉的單人宿舍，開始整理衣物。

「姚姊……」又一次地欲言又止。姚風忍不住嘆，折著衣服沒抬頭，「你從在醫院到跟著我回來已經這樣幾次了？」

「姚姊……戚茉她……」封亦第一次看見姚風這樣無精打采，連話都有些不會說，「是不是我讓她出院了所以妳生氣？」她頓了頓，搖搖頭，「那孩子不喜歡醫院，我知道的。」

「那？」

「封亦，」姚風放下衣服，轉向他，「你更喜歡這裡，還是美國？」

「……美國吧。」撇開從入行到現在他基本上都屬於美國那邊的模特、自然習慣那邊不說，光是看見上次雜誌的拍攝情形、戚茉累倒，他心裡就莫名有些牴觸這裡。

「這樣啊。」她輕嘆道，「你說戚茉現在跟言玄肆在一起？」

「嗯。」

「幫我撥個電話給玄肆，」她遞出她的手機，「然後你也累了幾天，回去休息吧。」

封亦給她輸了號碼，看著姚風臉上的倦意，也不好意思多待，就聽話離開。而姚風在戚茉的東西都收好後，才撥通了號碼。當電話被接起，那端的一聲「姚姊」讓姚風愣了下，不明白他怎麼知道是她，正要問，言玄肆便接著說，「我猜妳一定會打給我。」

「……我總是把她當作孩子，卻忘了她也已經十九歲。」她沒頭沒尾地開口。言玄肆望了一眼坐在窗邊的人，起身走進廚房，「姚風，我看著她的種種，總以為她是大人了，卻忘了她也才十九歲而已。」

說到底，姚風還小言玄肆一歲，喊姚姊是工作敬稱、喊姚風便是要脫離工作來說了。

「不論你是基於什麼想法接近她，我的立場依舊不會變，我不喜歡讓她跟你走得太近，原因你比我還清楚。但是，如果她需要你——」

「我不會。」言玄肆冷硬地打斷她，「妳應該維持妳的立場，而不是妥協。如果她需要我，我只會令她更難受。」

「可是，你也跨進去了，不是嗎？」

「跟在她身邊這一年，妳也看懂了不少事情，對吧。」他斂下眼，「妳說得對，我還是跨進去了，可必要的時候我會護她，不管是用什麼方式，不管她願不願意，不管她會不會因此受傷。」他轉身，背靠著牆，「而妳要的，只是不想她受傷難過。這正是我做不到的。」

／

言玄肆從廚房出來，拎著一袋冰袋和毛巾，走到戚茉身邊蹲下。她側著頭，視線仍定在落地窗之外的高樓上，不知道在想什麼。他將毛巾裹著冰袋，放在她滿是瘀青的手背上，叮囑道，「瘀青的地方不要碰熱水，記得。」

「嗯。」

「怎麼這麼愛坐在地板上？」他唸她，卻也隨她坐下。

「喜歡這裡。」

「嗯？」

「很安靜，很亮。在這裡感覺不到外面，就好像不用活著。」她緩緩眨眼，將視線轉回前方看著他，朝著他伸出手。言玄肆將右手給她，她輕輕握住，她的手很涼，他的手卻很暖。戚茉望著兩人的手，沒有多說話。言玄肆反手握住她，「下個月，我們要跟著封亦回美國。」

戚茉抬眼，目光與他的相交，「為什麼？」

「我本來就有固定行程要到美國去，季末的伸展台，Deus不會缺席。這次，公司換了封亦下來，由妳上去。」

「封亦怎麼了嗎？」

「沒有，純粹是只有兩個名額，封亦想讓妳去。他回來之前就在討論這事了。」

他嘴上說著這件事，腦中想著的卻是剛剛電話裡的對話。

「為什麼是她？」姚風問出了疑惑她很久的問題。

他也坦然，「不知道。」

為什麼是她？不知道。

或許真的是一見如故的結，而他已不自覺地陷進去。

「言玄肆，冰塊化了。」她就這麼望著他，雙眼因為哭過還有些紅腫，但神情已不再如此死沉。她自己沒發覺，她喚他的聲音已不大相同。

他眼神一黯，拿過冰袋，同時鬆開她的手，站起身往廚房去。

或許就連一見如故都只是一個說詞，

最真實的便是心中那份為她而起的湧動——

不明情由，獨知執意。

第六話　當我們都不是自己

一

為了配合戚茉之後要出國的行程，所有原本在年末的拍攝計畫全部提前，合作的公司、廠商不敢有怨言，只是苦了其他人，行程一起調動。最盛大的，就是Deus年度模特的畫報冊，這個項目也關係到言玄肆的行程安排，更是要提前。年度畫報冊，是給外界一個指標，也是給內部一個隱形競爭，誰能出現在其中，就代表誰將被公司提拔。畫報冊，就是將挑出的人選拍成畫報，集結成冊發行，而公司外部也將會掛上這些畫報，這些模特就是公司的代表。

此刻，大型會議室裡坐滿了人，從最上頭的首席、到中層的模特、再到新進的小模，幾乎都出席了這場「年度模特大會」，為的就是等待著三大部門所公布的名單。然而，底下人縱使期待，也知道這是不公平的競爭。三個部門的名額是不一樣的，先由雜誌部定下人選、再來是伸展台部，最後才是網拍部，太默默無聞的模特會有怨言、卻也無法真心地說自己不屑。

開始前兩分鐘，戚茉到了，從後面走進來，有些人注意到她、有些人因為資歷較深倒對她不甚在意。湯沂坐在場地最後面的新人區，一眼就看見她，可戚茉卻沒看見她。應該說她誰也沒看見。戚茉名義上不是首席，但實質上比中層還要高，要是她坐在柳藝和言玄肆旁邊也沒人會說什麼，不過，她很清楚，是沒人「敢」，在背後就不一定了。再說，她自己也不是很在意這樣不上不下的位子，她寧願不來。

岳幕早就知道戚茉的想法，逼著她出席，在伸展台部的地方給她一個位子，在封亦旁邊。伸展台部沒有什麼首席，只有順位，華人第一順位是封亦，二是言玄肆，說戚茉是第三算是實至名歸，她們部裡的小女生們都很崇拜她。而且，至少他們部的人比較不愛說閒話。這是主要原因。雜誌部和網拍部的模特都太碎嘴了，都愛拿資歷在那嘲諷來嘲諷去的。

「戚茉，這裡。」封亦還特別站起來揮揮手。一個身高一百九多的人一站起來，實在很顯眼，戚茉想忽略都不行，只好走過去。待她走近，封亦給了她一個大大的笑臉，「氣色不錯，真好。」

「上妝了。」

「……坐吧，岳姊都跟我說好了，誰要是敢搭訕妳，我揍他。」岳幕要是聽到自己無心的玩笑話被一個少年當真，還說給戚某人聽，她一定會很無語。會搭訕戚茉的人一是膽大包天、二是神經大條，以先前的經驗來看，言玄肆屬於前者，而封亦自然屬於後者。

戚茉被他這話逗得心情不錯，眼神懶懶地飄過去，「那我揍你？」

「嗯……不錯不錯，這會兒還會開玩笑了。」說完還乾笑幾聲，完全藏不住心思。戚茉想，封亦能這樣在圈子裡混著，倒也挺奇蹟的。封亦彎下腰，從地上的袋子裡拿出兩杯還熱著的咖啡，一杯給她，讓她捂著暖手，笑道，「姚姊說想讓妳少喝點咖啡，但這兩周都在趕行程很累對吧？我知道妳喜歡，反正我年紀小我胡鬧，我買給妳喝。不要太感動。」

戚茉瞥了眼手上的咖啡，又抬頭看他，一時說不出什麼話。

「好了，就說不要太感動。這時候，笑一笑就行了。」聽了這話，戚茉不想笑也弄得想笑了。看見她眼裡有笑意，封亦覺得可以了，滿足地喝著自己的咖啡。他從不會覺得戚茉冷淡，反而很喜歡和戚茉說話，她不說話也沒關係，她會聽他說話，是認真的，而不敷衍。畢竟戚茉不會敷衍，她不想聽就會直白地說不想聽。而大多的時候，人們認為的戚茉，都不存在，至少封亦面前的戚茉，都是安靜卻真誠的。

「去年的這個時候，戚茉還只是個出現在『SeasonS』上、第一次露面的新人，畫報冊根本就不會有她，可現在，她就已是必定人選。」柳藝同她身邊的許靜說話，「對不對，許姊？」

「想說什麼？」

「沒什麼，就想考考我的眼睛。」

「柳藝，妳有沒有想過，妳要競爭的人或許不是她？」許靜看著手機的新聞，漫不經心地問。

「假設不成立。公司現在就在讓我們競爭。」

「那是因為妳要的位子只有一個。」

「不然我還要什麼？」柳藝順了順自己的頭髮，「若是無欲無求，我為何要這麼走來？許姊這麼說，是要防著我了？」

許靜放下手機，側過頭看著身邊的女孩。臉上精緻的妝容、安靜溫婉的氣質、總是若有似無的笑意，這是她帶出來的人，從女孩到現在，已經慢慢成熟，更沉穩、心思也更深。她暗自嘆了口氣，岳幕說得倒挺對，她是老了吧，不然怎麼越來越愛感慨？「柳藝，」她說出真正的想法，「妳如果走不同的路，妳也依舊會得到妳想要的東西。我說過我不會放棄妳，但也不希望妳，用妳自己去毀掉另一個更合適的人。妳比舒乙莘更聰明，比戚茉看得更通透、也比玄肆更圓滑，柳藝，活自己的人生。」她轉回去面向前方，想起好幾年前，一個漂亮的小女孩紅著臉蛋，站在自己面前，向自己彎腰鞠躬，說著會好好努力、請多多指教這樣的話語，她知道，那些歲月從來都不虛假。

許靜低頭看了眼震動的手機，準備要起身出去接人，她從容地直視柳藝，微微一笑，將最後的話說完，「我都知道，妳會做得很好，哪怕許姊、再也不能幫妳什麼。」

／

四年前。

「畫報冊在這裡了，妳挑一個人吧。」總經理將東西遞到她面前，「除了言玄肆，妳再接一個，分分心。」

「這個。」她的選擇很快，毫不猶豫，就點了一個人。總經理有些意外，「她只是網拍部的，妳要她做什麼？低層最不好提拔，妳居然會要？許靜，妳是嫌生活太無聊，需要挑戰？」

她依舊受不了她婆婆媽媽的語氣，但還是耐心地解釋，「妳當畫報冊是人人都能拍？網拍部能被選上，代表什麼？三大部競爭的結果還能有網拍的人選，說明她不容易。再說，是我跟他們提的，他們才意識到有這個人，他們也真會埋沒人。還有妳，什麼時候可以好好了解一下公司？」

「我有妳不就行了嗎。」總經理被訓了也不在意，「各司其職唄。」

「……她在網拍部也兩、三年了，之後就放在雜誌部好好培養吧。岳幕應該不會要她，她要了妳也不許給。」許靜果決地下決定，「好好讓她走一條路吧。」

「許姊妳好，」她恭恭敬敬地彎腰敬禮，隨後直起身，雙眼亮著、臉因為緊張和興奮而微微泛紅，臉上是藏不住的笑，「我是網拍部的柳藝，從今以後，一定會好好努力，不會辜負許姊的期望。請許姊多多指教。」

許靜望著她，微微一笑，「知道了。」

那一年，柳藝二十二歲，到了許靜身邊，從網拍小模進入雜誌部，她漫長而艱辛的路途有了轉機，雖仍有挫折陸續而至，可不同的是，她的背後有人可以倚靠，她再也不是孤獨一人，因為那個名字，有人對她禮讓三分；因為那個名字，行程與規劃都順利許多；因為那個名字，她才能一直一直往前走，不再擔心後怕、瞻前顧後。

／

柳藝坐在座位上，在周圍吵雜的環境裡出了神。

她已經不是當初那個二十二歲的小女孩，而許靜也是。她原本以為自己早已不會這樣傷懷，以為自己早已堅強無比。可在許靜面前，自己總是……這樣焦慮。許靜是不是看出來了？看出她從容淡定的背後、含有隱喻的言語之外，那些焦慮、那些自卑。

「我都知道，妳會做得很好，哪怕許姊、再也不能幫妳什麼。」

那個語氣，忽然讓柳藝感到難過。

許靜知道，因為自己，才有今天的柳藝。

柳藝知道，因為許靜，才有今天的自己。

可時間卻將她們變成這樣的關係，不再如同從前，而是針鋒相對。

從幾何時，她們已這樣遙遠？

二

原本應該開始的大會，因為一個人硬生生延後了十分鐘。預定時間後的十分鐘，大家都看見了許靜領著一個人走進來，從最後面一直走到最前面，所經之處都會稍稍安靜下來，那人正是言玄肆。不比封亦矮的他走在人潮中，毫無表情、亦不搭理任何人，一身黑衣黑褲，雙手插進褲子口袋，臉上架了副銀色金絲框眼鏡，整個人乾乾淨淨、簡簡單單。

大多數人見過的言玄肆，是在雜誌畫報裡、電視新聞上，久久一次見到本人，卻總是無法聯想成是同一個人。畫面裡的人擁有表情，可現實中的人鮮少有表情；畫面裡的人太活，而現實中的人太沉靜。

他們走到位子上，許靜簡單叮嚀幾句，言玄肆點頭，示意自己明白、正要坐下，他便看見了封亦毫不掩飾地揮手，也看見坐在一旁的戚茉，他仍舊面無表情地掃了一眼當作招呼，然後落座。

這邊的封亦嘆，「玄肆哥在公共場合總是這麼冷淡。」

「是你太熱情。」

「才不是呢，」他想解釋又解釋不上來，只能無奈，「從以前就有種奇怪的感覺，我也不會說。」戚茉沒回應他。她對言玄肆的疑惑已經藏了很久，但她知道，真實看過的、清楚感受到的，比過去的、用言語推砌的還要重要、還要真實、還要值得被相信。

「你不是說，讓我顧忌你、離你遠一點嗎？」

「忘記一見如故了？不過，是該顧忌，妳永遠都不能忘了顧忌我。」

「妳又不聽話了……」

縱使那個人的言語說得再如何矛盾複雜、使人模糊不解，縱使那些話語的目的是想讓自己抽離抑或讓旁人抽離，所有一切作為，卻始終騙不了那顆心。

戚茉口袋裡的手機震動了下，以為是姚風傳的訊息，拿出來一看，卻是言玄肆。是他跟姚姊要的號碼？她暗自猜測，點開來看，他只傳了一句：氣色不好，不如回去休息。

她抬頭看他，而他就只是面著前方，不知在想什麼。

「玄肆哥在公共場合總是這麼冷淡。」

她收回視線，拿起手機回復兩個字：沒事。

比起已經過去的、用言語推砌而成的言玄肆，她真實看過的、清楚感受到的他，更重要、更真實、更值得被相信。

然而，在人群面前、在真實面前，卻需要擁有口不對心的能力。

因為有著需要被保護的東西、因為害怕受傷。

所以，言玄肆，你也有害怕受傷的時候嗎？

所以，言玄肆，你想說的話究竟是什麼呢？

／

「我們的年度模特大會終於可以開始了，很抱歉耽誤了十幾分鐘，但總算是全員到齊。」總經理笑著開場，「一年一度的畫報冊人選已經由三大部門討論而定，相信大家都很期待。這一次，總共有三十五人入選，除了名單之外，順序也是很重要的，各位都清楚，第一順位和第二順位的模特畫報將會在公司大門的兩側，以此類推，三十五位的畫報將會圍繞著公司一樓的透明玻璃牆，代表著Deus的榮耀。以上，解釋完畢。」她的笑容不減，卻多了一絲玩味。每年，畫報冊人選一出，幾家歡樂幾家愁，各個表情都很精彩，受關注的不只是誰被選上，還有在什麼位置。這時候觀察人性的顯露，是她特別享受的時刻，「接著，公布人選。」

「第一位，Deus首席，言玄肆。」

底下人暗自討論著，柳藝也微笑道賀，「恭喜玄肆前輩。」

當事人卻沒什麼反應，玩著手上的戒指。這是個令人毫不意外的消息。雜誌部首席、伸展台部華人區第二順位、在公司待了將近十年、拍攝的作品趨近完美，讓他代表Deus，實至名歸。

接下來的第二位，就讓人有些猜不透了。究竟是首席柳藝，還是後軍突起的戚茉？三大部門究竟是要以名義與人氣論定，還是要以表現論定？公司的人都知道，戚茉的表現亮眼，一步一步走得越來越穩，甚至跟言玄肆合作過不少次。這一次畫報冊的順位一出，公司勢必有著模特動向上的轉變，是鞏固柳藝，還是推上戚茉？

總經理笑得更深，瞥向柳藝異常泰然的表情，暗自讚賞，這小女孩都快成人精了；而戚茉更是沒什麼表情，一副不關她的事。總經理再看了眼名單，心想，這以後都是個人造化了。

「第二位，」她聲音一出，會場又恢復安靜，「從SeasonS就表現亮眼、至今更是備受矚目的新秀，戚茉。」

底下一片譁然。

「首席要換人了嗎？」

「柳藝的七年抵不過新人的一年啊。」

「柳藝一直往代言和廣告的方向去，公司以模特作為正統，要選也要選可塑性強的戚茉。」

「雜誌和伸展台通包，在柳藝之上也是情理之中。」

「柳藝是她前輩呢，怎麼這樣啊……」

「我還比柳藝資深呢，怎不幫我報不平？」

閒言閒語，傳進了兩個當事人耳裡。只不過戚茉身邊都是伸展台部的人，總是恭喜多過非議。而柳藝身後都是雜誌部的模特，那些話聽得一清二楚。

終究還是保不住了，柳藝淺笑。不知怎地，聽到是戚茉，她居然鬆了一口氣。得與不得，都會有人說話，不是嗎？她有些明白許靜先前的話了，她比舒乙莘更聰明，比戚茉看得更通透、也比玄肆更圓滑，是了，代言和廣告又如何？她比他們三個都更適合走這條路，公司也需要她走這條路，別人看不出，她卻是隱隱知道，直到今天才看明白。

畢竟也是一家需要錢才能運轉的公司，這樣的Deus，需要柳藝。在這方面，她累積的人氣與名聲，至關重要。

「妳這樣是雙贏。」

她想起很久以前，許靜第一次幫她接廣告代言時，她告訴自己的話。那時她還很不諒解，身為模特怎麼能接廣告，尤其言玄肆從不碰這些東西，為什麼自己要接？這一接，就只會離模特越來越遠。可許靜這樣告訴她。原來，她早就知道自己在這條路上無法長久嗎？許靜的眼睛從未出錯。所以她看到了，有一天自己會失去模特的優勢，於是給自己一個後路，讓公司捨不了她。

「不要顧著和戚茉做比較，增加自己的能力和價值，自己擁有的、才是真實握有的籌碼。讓公司捨不得、也不能放棄妳，妳才不會有被放棄的擔心。」

妳這樣是雙贏。她又告訴自己一次。

許靜猜中了，自己在這其中已悄悄脫身。

無須再顧慮、再遲疑、再猜忌。

「第三位，Deus首席，柳藝。」

「第四位，伸展台部，封亦。」

「第五位，……」

此時，葉葉的簡訊傳來：柳藝姊姊，廠商說了，他們接受妳的要求，拒絕Stella的合約，連同舒乙莘的個人項目也推掉了。柳藝姊姊，要跟他們簽約了嗎？這次的廣告真的很值得啊，不只國內，還要銷到國外的，不簽太可惜了。

她勾起嘴角，輕巧地回覆：簽，後續交給許姊就行。

三

幾天後，清晨的攝影棚化妝室。

「老實說，真不知道為什麼要禮讓她。」一名女子坐在鏡子前，閉著眼讓化妝師上妝，「沒家庭背景、沒經紀人撐腰、沒資歷，若是公司一回頭說不要了，我看她還能去哪。」另一名女子笑了笑，「妳說這話要不先照照鏡子？妳可是順位第三十一呢，資歷有什麼用？」她睜開一隻眼，冷聲道，「妳倒是對妳的第二十三個順位挺驕傲的是吧？」那人沒再多說，只是自信地笑。

「也是，二十三是比三十一強，可妳們評斷的，可是第二順位，沒家庭背景、沒經紀人撐腰、沒資歷的人，這樣，照前輩們說的，柳藝是不是也得給前輩們讓位？」門邊的聲音響起，又輕又柔，一個娉婷的身影就佇立在那，笑容依舊，好似剛剛的話只是寒暄之語。

兩個人心中都是暗自一驚，表面不動聲色、微笑，一人道，「原來是柳藝啊。怎麼說得這麼生份，我們說的是那個戚茉，怎麼會是我們的柳藝呢？」柳藝聽了笑容更深，往裡頭走幾步，「這是怎麼了？彼此心知肚明的事，何必隱瞞，還扯了這樣不老實的藉口。哪一天，會自尋死路的。」她們兩人總覺得柳藝好像哪裡不同，卻說不上來，現在聽見了這麼直白尖銳的話，似乎都有了底，不敢再像以往隨便攀關係。

「祝前輩們拍攝順利，柳藝也要去準備了。」她優雅地點了個頭，帶著等在門邊的葉葉離開。

「柳藝……吃錯藥了吧？是變相幫戚茉說話？」等她走了之後，二十三順位的女子還是沒從剛剛的情況緩過來。順位三十一的女子哼了聲，「管她們做什麼。」勉勉強強穩住自己的底氣，在心裡又對柳藝和戚茉更加非議。

這時來督促的監製用著手上剛好拿著的紙本敲了敲門邊，口氣不佳地說，「還聊天哪，以為今天只拍妳們是不是？別把自己的東西佔著別的座位，等等還有人要化妝呢。」走之前還嘀咕，「都是老模特了，還這樣不敬業。」

兩個人這時才心不甘、情不願地噤聲。

「唉呦，該怎麼辦才好呢……」伸展台部的首席設計師 Eev 難得出現在攝影棚裡，正皺著眉看著一堆衣服和設計稿，下意識地來回踱步。從公司本部下來幫忙的岳幕看了都不忍心，「我以為您老人家在這種時候也是狠心決斷的，才想問問您的想法，結果居然讓您這麼煩惱啊，不如就給雜誌部的定了吧？」雜誌部的人直搖頭，「不不不，大師在這呢，我們算什麼。我們也是苦惱了要三天三夜，可還是沒挑出來啊。」

被稱作大師的Eve也是搖頭，「妳都叫我了，這事我管定了。如果是玄肆那臭小子，就是隨便給一件也可以，」她停下腳步，翻了翻幾個概念的設計稿，「但這是戚茉啊，各種概念可以各種呈現，偏偏只能拍一張？第一次，第一次一定要最合適、最強烈、最引人注目、最難以忘懷才可以。」岳幕無奈地笑道，「您這是要戚茉怎麼進步呢？要是第一次就這麼拍，以後幾年拍的畫報冊會被嫌棄無味的。」Eve眯起眼笑，「這我可不擔心。妳應該也不擔心。」

這時候，當事人叼著一片吐司進來更衣間，後面跟了一個他們剛剛才談到的臭小子。岳幕趕緊招呼她，「戚茉，來，穿什麼自己挑。」

突然被這樣招呼的戚茉有點茫然，但還是走過去，右手拿著吐司，咬了一口，左手翻著設計稿，專心地看著。言玄肆也是進來要換衣服的，看到Eve就點了下頭，「您從法國回來啦。」

「臭小子，怎麼就沒變矮呢。」

戚茉聽見這句話還特地回過頭看他一眼。

言玄肆今天還是戴了副眼鏡，完全素顏，看起來年輕了幾分，像個二十出頭的少年。聽見Eve的嘲諷也沒太多的不滿，只是聳聳肩，拿過雜誌部人員遞來的衣服，「那倒是不容易。」

旁邊臨時被叫下來幫忙整理更衣室衣服的小助理們都是第一次見到這些模特，又叼吐司又被叫臭小子的，頓時覺得他們好親切……

戚茉看完，又咬了一口吐司，「老師，妳覺得呢？」

「各個都是好的。」

「第一次一定要最合適、最強烈、最引人注目、最難以忘懷才可以。」岳幕補充，「這是她的原話。」戚茉點點頭，沒有半點猶豫，拿起一張設計稿，「就這個概念吧。」

Eve一看到她拿的，就明白她的想法，覺得倒也是最好的了。岳幕和雜誌部的人還是有點不解，開口問道，「這不就跟去年的小刊差不多的概念嗎……？」

「最合適、最強烈、最引人注目、最難以忘懷，不是嗎？」戚茉看著設計稿說。

那是她第一次出現在他們面前的樣子。

那是她第一次出現在大眾眼前的樣子。

那是她第一次作為模特而拍攝的樣子。

是從這個樣子開始，戚茉這個名字、這個人被看見、被記住、被肯定。

最合適、最強烈、最引人注目、最難以忘懷。

正因為如此，她的最初，才能讓她走到現在，不是嗎？

／

湯沂和另一個同期的小模在隔壁棟的攝影棚支援網拍拍攝，湯沂對模特的分界沒有太大的想法，反倒是跟她同期上課的人從開拍前到現在要結束了還一直叨唸著：「雜誌部的來拍網拍像什麼話……」唸得她都有些煩，「明天還有一次，要不妳就推了吧，不想拍就不要拍。」

「……哪能推啊。」她心有些虛。自己本來就只是嘴巴說說，能露臉的拍攝她還是要的，沒想到這湯沂就這樣戳破自己，顯得她進也不是、退也不是。湯沂沒回話。只是網拍，人選多得是，公司哪會逼著模特拍，就是留個壞印象罷了。此時，負責顧大家東西的小助理從遠處喊道：「湯沂，妳的手機響了。」她跟同期說了聲，就去接電話，也鬆了口氣，有了藉口離開。

她微笑道謝，拿起手機一看，順手拿著自己的包包走到外頭去接，是那時上基礎課程的老師，「湯沂啊，沒記錯妳現在在B棟拍攝對吧？」

「是。已經結束了。」

「那好，妳現在到A棟來。」

「怎麼了嗎？」

「這裡現在要拍畫報冊呢，妳偷偷來，不會有人注意妳，妳當作觀摩吧。」

「……好。等等就過去。」

等她掛上電話，那頭的老師還覺得奇怪，一般女孩聽到這種機會早就高興地不停道謝了，這湯沂怎麼這麼冷靜？

湯沂盯著手機一會兒，回到更衣室把拍攝的衣服換下來，高跟鞋也換回白布鞋，臉上的妝沒有卸，比素顏時的樣貌看起來更精緻一些。她看著鏡子裡的自己，深吸一口氣。轉身往隔壁棟去。必須去。她告訴自己。湯沂，要好好做，所以，打起精神來。

等她到了，她的老師對她露出讚賞的眼神，「果然是漸入佳境，現在總算有個模特樣子了。之後自己多練練儀態會更好。」湯沂點頭，「好。」

現在第三十三順位正在拍攝，攝影師是易源淏，而他此時的表情甚是無奈。身邊的人抬了抬下巴，示意湯沂看，「那個人就是易源溟，目前只要遇上重要作品都會請他來，Deus也有意要招攬他成為專用攝影師，這個可能性挺大，他很喜歡跟言玄肆和戚茉合作，跟柳藝配合也好幾年了。除了他一些老客戶，幾乎已經是非Deus不可。」她話鋒一轉，「妳跟戚茉是同學吧？」

「嗯？嗯。」

「差距倒是挺大的。」這句話刺了湯沂一下，「雖然不知道是怎麼傳出來的，但是從戚茉看見妳時表現的冷淡，就看出來妳們感情不太好，又加上在這種是非之地，兩個人被比較也是情有可原。」這話說得虛實參半，湯沂一時間還理不出來對方的意圖，她又繼續道，「妳不比戚茉差，對吧。妳把她當同學，她還不把妳放在眼裡呢。妳應該要爭。湯沂，妳進來了，總不能被趕出去吧？」看著湯沂動也不動的神色，她笑了笑。稍稍觀察，就可以知道湯沂對戚茉的在意，雖然不知為何，但總是在意的。若是她能這樣推湯沂一把，以後她真紅了，自己也有一番功勞。

「她不會。」三十三順位的人終於結束，湯沂才回答這三個字。

她有些訝異，卻也冷靜道，「在這個地方，人心叵測。」

「……那麼我也是，」她的眼神慢慢冷了下來，「居心叵測。」

四

第四順位的封亦讓易源溟真不知道該說什麼，只能笑，「小哥，這不是伸展台，很不習慣對吧？」

「易老師很抱歉，又耽誤你的時間了。」封亦也無奈，每次擺出個動作，易源溟就說他不自然，一想到自己不自然，就更不自然了，很天真地問，「我拋棄想帥的念頭行嗎？我高冷不起來啊。」

他評估了下，想著已經有某人是高冷擔當了，或許封亦換個概念也好，一邊等待的柳藝就出了聲，「給他負責暖男的概念吧，他最適合。」易源溟點頭，也不跟雜誌部的人討論，直接定下，「封亦，聽到了？」

他打了個OK的手勢。

接下來就順利很多，因為聽到打雜的小助理們少女心的感嘆，後來的封亦玩心大起，各種暖笑、各種陽光，明明是靜態的拍攝卻讓人覺得活靈活現，易源溟不禁玩笑道，「伸展台模特到哪都是在走伸展台啊。」

「謝謝易老師。大家辛苦了。」結束後，封亦一個個鞠躬道謝，惹得助理姊姊們笑得像花一樣，還遞水遞零食。戚茉對他點了個頭，表示讚賞，封亦回給了她一個加油的手勢。她正要轉身進去化妝，卻瞥見門口的一個人，硬是停了腳步。

很久不見的于萱提著兩大袋飲料，走進攝影棚，戚茉看一眼就知道，裡頭都是店裡的咖啡和茶。姚風見戚茉不動，催了她一下，「戚茉，化妝了，到柳藝這速度就會快一些。」

「嗯。」她又多看一眼，才進化妝室。

于萱轉一圈才找到負責人，並跟著負責定飲料的助理走，到了一大張桌子邊，拍攝完的模特都坐在這，助理拿著單子要發，于萱也熱心地幫她。但就在她要把咖啡放到三十一順位的模特面前時，坐在她旁邊的人悄悄地推了于萱的手一下，事出突然，咖啡全倒在那個模特身上，救都來不及救。那個模特本來就因為先前的事心情不好，現在更是被個莫名其妙的人灑了一身咖啡，整個火氣就上來，立刻站起身，「妳搞什麼啊？」

于萱還愣著，下意識朝推她手的人看過去，誰知那個人也站起來，手腳很快地拿起衛生紙幫三十一順位的模特擦，「唉呦，怎麼這麼不小心啊，熱咖啡呢，要是燙到怎麼辦，髒了也不好洗，」還特意轉過頭看著她，「是不會道歉是不是啊？」

有些坐在桌邊的模特都看見了是那個二十三順位的模特推的，但誰也不敢吭聲，就怕惹禍上身。這頭柳藝的拍攝也中斷了，正看著他們的動靜，全場的人都看著，卻沒有人上前去。

「對、對不起……」于萱硬著頭皮道歉。

「以為道歉就有用啊？這衣服妳得賠妳知不知道？妳賠得起？這樣做事還想不想幹了？我讓妳老闆辭了妳，妳——」她罵一罵還不解氣，正要動手，舉在空中的手就被攔了下來。

「這點事何必動手呢？」姚風兩隻手緊緊抓著她，「不就是不小心的嗎？」

「妳誰啊？管什麼？這女的今天灑了我一身，看樣子就是故意的。」她想揮開她的手，還因為姚風死命抓住而揮不開，還勸道，「這裡這麼多人，就請妳原諒她吧，不然妳也是丟臉。」那模特細看了才看清楚她是誰，不屑地笑，「喔？姚姊？我告訴妳，就算妳是戚茉的經紀人，管我的事，小心我連妳一起打。正好，我不爽戚茉很久了。」

在角落的封亦皺著眉，正要起身，三十一順位模特的另一隻手就從空中落了下來。姚風反應不及，下意識閉上眼睛，那巴掌卻始終沒有打下來。

于萱不禁瞪大雙眼。

「不爽我就應該衝著我來。」戚茉穩穩地抓住她的手，人就擋在姚風面前。表情冷冽，更因為臉上已經化好全妝，增添了幾分氣勢。那模特有些嚇到，卻因在氣頭上，嘴上不認輸，「妳要怎樣？要打我嗎？」戚茉冷笑，「妳以為其他人都跟妳一樣丟人現眼嗎。」

她要掙開她，戚茉皺著眉加了力道，讓她不得動彈，「前輩，」她加重這兩個字的語氣，

「得饒人處且饒人，救的是自己。」她瞥了眼旁邊的始作俑者，又悄聲跟眼前人道，「人不犯我，我不犯人。兩位的小動作我已經隱忍很久，妳要形象要前途，所以只能暗著來，但我可以不要，所以還請前輩注意些。」她鬆開她，三十一順位的模特覺得知道自己沒了優勢，立刻就跑出去。

姚風這才鬆了一口氣，把戚茉拉走，「下次不准妳這樣，要是她傷到妳怎麼辦？」

「傷我對她沒好處。」她握了握自己的手腕，剛剛太用力，現在有些隱隱作痛。姚風見她這樣更擔心，「怎麼了？是不是傷到了？她力氣大，妳還去擋，肯定有傷害的。」姚風握住她的手，她的溫度比她暖得多，雖不能治療疼痛，但至少起到了安撫作用。她又一次語重心長，「要是有下次，絕對不可以冒冒失失地跑出來。」

「我哪是冒失？」她感受到背後始終注視著的一道目光，卻不想回頭，繼續道，「要是踩了我的線，我會還她。我說過了，我不會讓自己吃虧。」

姚風知道她的脾氣，也不再跟她辯，只是擔心她。

「姚姊，那個送飲料的姊姊，是我的故人，請妳送她出去吧。」她抬頭就看見姚風身後遠遠站著、也看著她的言玄肆，想起了那一晚、以及原本以為不會再想起的那些日子。她閉了閉眼，「我不想看見她。」落下這麼一句話，就收回手，到場邊去準備拍攝工作。

兩個星期後，台灣的工作全面結束，他們飛往美國。

剛下飛機，封亦和言玄肆走的是ＶＩＰ通道，姚風和戚茉兩個人則是走普通旅客的路線。姚風笑，「我們兩個真要是來放假的那該多好。」戚茉沒戴帽子也沒戴墨鏡，乾乾淨淨的臉龐，也惹來一些接機人的注目。她沒太在意，「岳姊不是說，走秀前就等於放假了嗎？」

「是，妳好好放假，我好好幫妳排行程。」姚風嘴上逞強，心裡甘願。

兩批路線的人幾乎同時間到飯店，封亦畢竟長期在美國，有自己的住所，而大多數的人都是住在飯店裡，同一層。姚風先安置好戚茉，全部看過一遍才安心，而後叮囑道：「我就住在妳隔壁，有什麼事很快就可以找到我。對面房沒記錯應該是言玄肆，找他幫忙也可以。總之大家都住在同一層。注意安全喔。」

戚茉耐心地點頭。

「接下來妳得倒時差，先休息會兒。」姚風打了個呵欠，就拉著自己的行李到隔壁房間去。戚茉在床上坐了會兒，起身站到落地窗前。夜幕已經籠罩下來，房間裡的空調很暖，暖得有些不真實。她伸出手碰了碰玻璃映照出的自己，看著自己的臉，看著自己總是忍著的眼淚、這時候才敢流的眼淚，看著看著，她輕輕地笑了……

／

拍完畫報冊的那天，戚茉從洗手間回來準備換下衣服，在走廊上就遇到等著她的湯沂。同樣的人、同樣的臉，卻不再熟悉。湯沂就這麼擋著路，清冷地問了一句：「妳看不起我很久了？不然看見我怎麼都不……打個招呼？」

「妳也選擇這樣了嗎？」戚茉低聲問。

「哪樣？」

「把自己變得渾身是刺。」

「我大概沒辦法跟妳比吧，」湯沂閃避她的視線，「早知道妳是個狠心的人，只是沒想過有一天妳也會對我狠心。」戚茉輕聲道，「湯沂，妳那麼努力考上了頂尖大學，現在還不是跟我一樣？放棄了本科，跑來當個模特。」

「妳這是嘲笑？」

戚茉勾起嘴角，卻斂下眼，湯沂看見她臉上的無奈閃逝而過，又是那副淡淡的樣子，「我為什麼要笑妳？」湯沂微微皺眉，心裡分辨不出剛剛到底是看錯還沒看錯，嘴上還逞強，「就憑戚茉這兩個字，完全和善良憐憫稱不上，只有自私和高傲。」戚茉隱隱聽見了某處碎裂的聲音，笑容卻更加艷麗、有些滿不在乎、真的有些嘲諷的意味在裡頭。

她的背轉而靠向牆，雙手隨意地放進牛仔褲口袋，穿著將近十六公分的細跟高跟鞋，整整比湯沂高了一個頭，還沒有卸妝的臉龐漂亮得令人感到不真實。戚茉拍攝的定位從來就是美而具有毒性的，這樣的妝容襯著她此刻的笑和眼神，甚至有些令人不寒而慄。這樣的她，正睨著她，悠悠地開口，一字一字都帶著慵懶的慢、隱隱的輕佻，「戚茉、戚茉，明明就是叫全名，卻因為只有兩個字聽起來特別親切，」她輕蔑地笑了一聲，「真不舒服。」

戚茉知道，湯沂想用言語的傷害來逼出自己的真心，她要自己回去、要她們回去。湯沂在試探，哪怕自己對她們的友誼只有一點在乎，只要自己示弱了，就是她想要的答案。儘管如此，自己已經不能是以前的戚茉了。

於是，湯沂會演戲，她也會。

一個是希望被人拆穿、一個是希望使人相信。

這是她們之間分裂的開始。

當她們都不再說出真話、當她們都開始傷人傷已。

這才是她們之間分裂的開始。

／

為什麼總是不敢把心打開呢？再這樣下去，怎麼辦……？她收回伸出的手，不禁出神。

用自己的謊言去阻擋他人的存在。

戚茉，妳怎麼讓自己活成這個樣子？

五

她就這麼在落地窗前坐了一整晚，任憑自己靜止在這個空間，看著夜幕低垂直至太陽升起。

深夜的死寂與白日的喧囂落差太大，這就是這個世界的樣貌，壓迫著人的精神。

戚茉，妳又撐過一個晚上了。她心想。

她忽然很懷念那個時候，病倒了，不再需要面對大批的人和大把的工作，可以就坐在窗前一整天，那個時候身邊還有一個人，不說話也很好，就在身邊陪自己。

她忽然笑。

明明就怕疼，自己還是不長記性。

還是，會希望有一個人出現，把她帶走，把她的世界包覆住，不再離開。

就像那天一樣。

戚茉猛然起身，換了一套衣服，什麼也沒帶，直接走到門邊把門打開，一打開就看見他站在門口。她頓住，而言玄肆卻很淡然。

他不發一語，只是盯著她。

那份想要找他的衝動平靜下來，她也同樣直視他，心裡卻頓時不知道自己該如何做，沒頭沒尾地問：「我一晚上沒睡，現在餓了，去喝咖啡嗎？」

言玄肆聞言，皺起眉，轉身回到自己房間。難得戚茉面對他的時候緊張了，有點摸不著他的想法，以為他這樣是拒絕。可是他很快就出來，手上多了件厚大衣，也不問她的意見便直接幫她穿上，把帽子也給她戴好、拉上拉鍊，這時候才開口，「外頭比妳想像中的冷多了。走吧。」

這是第一次，戚茉看見言玄肆開車。

她坐在副駕駛座，時不時地瞄他，有些不習慣。言玄肆早就察覺了，在停紅燈的時候才戳破她，「看我開車很稀奇？」

「……嗯。」之前還沒什麼感覺，現在才真的覺得他比自己年長很多。

他一手握著方向盤、一手隨意放著，像是心不在焉一樣。

「你剛剛……為什麼站在門口？」她望著窗外的景色問。

「玄肆，再兩年。他們都記得很清楚。」

「吃粥好不好？」他沒回答她，只是自顧自地開口，「咖啡傷胃，妳不能空腹喝。」

「我——」

「這時候雖然沒什麼人，但還是不要去店裡，在車上吃吧。」

「言玄肆——」

他踩下煞車，將車穩穩地停在了路邊，人望著前方沒說話。

戚茉感覺到他的反常，索性安靜不語。

「妳呢？」他鬆開方向盤，整個人靠向椅背，「凌晨時分出來，要找誰？想做什麼？」

「……吃粥吧。在車上吃。」

「好。我下去買。」他隨即打開車門，下了車。

戚茉看著他走進店裡的身影，深呼吸一口氣，又緩緩地吐出來。

對她而言，承認依賴，到底還是件難事。

言玄肆很快就回來了。他帶回一碗蔬菜粥和紫菜湯，安靜地打開粥的碗蓋，將粥遞給她，再將湯匙放到她手裡。戚茉問了一句：「你呢？」他看了她一眼，隨即搖頭，「不餓。妳自己吃。」

她從他身上收回視線，拿著湯匙的手不自覺握緊，又稍稍放鬆，低下頭，遲遲沒有動作。粥的熱氣不斷往上冒，微微模糊她的視線。戚茉閉了閉眼，在心裡默唸：沒事，只是吃粥而已。她一點也不想麻煩他，也不想讓他知道自己的狀況。

她舀了一口，放進嘴裡，看向窗外轉移注意力。沒什麼咬的動作，直接勉勉強強地吞下去。她知道自己不行了，直覺地去開車門想離開這個空間，殊不知車鎖是鎖著的，這個舉動倒是讓言玄肆察覺旁邊人的不對勁。他下意識抓住她的手，「怎麼了？」沒聽見她回答，他蹙起眉頭，抓得更緊，「戚茉？」

她緊繃的身體猛然放鬆，整個人靠著椅背，「沒什麼……」

言玄肆清楚地看見她臉上的蒼白與冷汗，一點都不相信她說的沒什麼。他的手伸過去探她額頭的溫度，有點涼。才正要收回去，戚茉就順勢抓住他的手，擋住她的眼睛。言玄肆並沒有強硬地收回，只是順從地待著。

忽然地，有點心疼。

言玄肆搖搖頭，壓下這種感覺，「到底怎麼了？」

「言玄肆，」他感覺到她的睫毛輕掠過他的手背，「希望你不會覺得我很麻煩。」

他低聲道，「我不會。」

「那就好……」她才說完，他就感受到手背上淺淺的濕意，他想收回手看看她，可她不讓他動，而是繼續說話，「今天，會下雪嗎？」他定定地看著她，不說話，戚茉也不催他，安靜待著。過了一會兒他才回答，「應該會。」

「如果下了，就是初雪了，對吧？」

「……嗯。」

她勾起嘴角，正要繼續開口，卻突然感覺一股柔軟壓上她的唇，溫熱的氣息在她周遭圍繞，她抓著他的手頓時鬆開，視野變得明亮，對上的正是他的眼睛。言玄肆一手撐在窗邊，原本擋著她眼睛的手現在撫著她的臉，雙唇輕輕地貼著她。戚茉的手停在空中，不知該放在哪，這時言玄肆稍稍退開，但依舊是極近的距離，而他的聲音依然清冷，「妳究竟想說什麼？」

這麼近的距離，戚茉竟然不願退開。

「……如果今天下雪了，你可不可以、讓我許一個會實現的願望？」她輕聲地把被他打斷的話說完，「就今天。」

「什麼願望？」

她沒回答，盈滿眼眶的淚水最終還是落了下來。

言玄肆心一緊，像是她的淚落在了他心上一樣，她的難過蔓延在他的周遭。他低頭再次吻住她，撫著她臉頰的手挪到她的脖子後方，稍稍用力一帶，讓她更靠近自己。時而摩娑、時而深入，她的雙手早已纂住他胸前的衣服，承受著這樣的親密。

過了一會兒，他結束這個吻，手滑到她的腰間，攬著她，額頭抵著她的，望著那雙眼睛，低聲應答，「好，就今天。今天，我不是言玄肆，妳不是戚茉。所以，都沒有關係。」

她恍惚地凝望著他，漸漸地笑。

「……好。」

她哭，他的心會疼。

她笑，他的心也會疼。

「玄肆，如果你還有想要的東西，這一年是你最後的時間，讓你可以丟掉他們。」

他的心一整個晚上都因為言似清的言語而堵得發慌，站在她的房間門口，想見她，卻想不出個藉口。直到她打開房門，他才平靜下來。

才回到那個理性的言玄肆。

「希望你不會覺得我很麻煩。」

「如果今天下雪了，你可不可以、讓我許一個會實現的願望？」

如果還有想要的東西，要丟掉才行。

可看著她笨拙地想靠近自己、卻又小心翼翼地保持距離，他不禁猜，她是不是惦記著他說的「顧忌」？她是不是擔心著失衡？打開房門的那瞬間，她是不是……想見他？

這樣的她，他竟然……捨不得。

竟然，想把所有都忘掉，就由著自己的心。

不想再遺憾。

戚茉，哪怕往後我會因為今日而悲痛，我也想擁有這一天。

我終究因為自己的貪心，放任自己走向妳，這輩子，我的心注定會多一道傷痕。

哪怕疼，我很甘願。

六

哪怕、哪怕——

哪怕未來就這樣到來，哪怕那時的她怨著他，哪怕那日幸福就此消失。他們真正靠近彼此的這一天，在日後的回憶裡，永遠都是溫暖多過於遺憾。

因為只有他們明白，那一天的自己是拋棄了所有顧慮，只為待在對方身邊。

只是，當時的他們誰都不知道。

那一天的最末，初雪降臨，而他們，卻從此停在了這裡。

第七話　你給我的太陽

一

一進門，轉身就是一個抱枕迎面而來，伴隨著尖銳的言語，「妳還有臉回來！」湯沂下意識閉上眼，就這麼被砸了個正著。她張開眼看著落在地上的抱枕，臉上沒什麼情緒，踢到一旁，逕自往自己的房間去。她的母親見她不理不睬，從沙發上起身，抓住她的手，一用力，一個巴掌就搧了過去，「我給妳打了多少通電話，妳接都沒接還直接停話，妳還當不當我是妳媽！現在妳還知道要回家？」

湯沂默默受了這一巴掌，臉上被打紅的痕跡清晰可見，她沒回話，也沒掙開，就只是回過頭來看著她的母親，看著她張牙舞爪、看著她無比熟悉的面孔正滿是怒氣。

戚茉說得對，她的努力很徒勞。

可她真的倦了。湯沂收回目光，把她握住的手掰開，不冷不熱地回道，「我只是回來拿東西，不是回家。」

「妳——」

「十八年了，夠了。」她低著頭，「妳想要的人生，無法從我這得到。我彌補不來，也不想彌補。這樣的人生，沒有意義，妳的也是、我的也是。」她快步走進自己的房間，拿起最後一批要搬進宿舍的東西，不多，就簡簡單單的一袋。她走出房間，到玄關穿鞋，看著始終愣在那裡的人，又輕巧地說了一句，「醫學院那邊我辦休學了，反正一直不去上課也畢不了業。」她走出去，門才剛關上，就聽見裡頭的物品碰撞聲，緊接著是女人的哭聲。

湯沂靜靜地聽了一會兒，抹掉流下的眼淚，轉身下樓。

還是九月的時候，這個家就是這個模樣。

原以為是個嶄新的開始，考進了人人稱羨的第一學府，更是醫學院的高材生，能頂著這樣的光環，湯沂以為苦路已經走到頭。

然而，並沒有。

住宿，不准；迎新，不准；同學聚餐，不准；社團、課外活動樣樣不行，她的母親不准許。不允許她做與學習無關的事。在看見女兒的世界變得開闊之後，她只能把網收得更緊。甚至，不怕掐死她，只怕她逃出去。

「上了大學不念書，妳以後還想做什麼？」就是這樣一句話，把湯沂心中僅存的光撲滅。念書、念書、念書。她念了十八年的書，卻還是不知道自己想做什麼。

好可悲，就這樣失去意義的她的十八年歲月。

那一晚，湯沂在新聞上看見了戚茉。是Deus知名的秋季展。報導的過程中並沒有提到戚茉的名字，她也不是她所認得的戚茉。畫面裡的女孩很亮眼，精緻的妝容，華麗獨特的衣裳，踩著細跟高跟鞋也沒有一點不適，外貌搶眼卻不帶任何一點表情，以挺拔的姿態走著台步。

總是過得比她好。湯沂想。在自己還渾渾噩噩的時候，她已經站上伸展台，被他人仰望著，連自己都仰望她。她鬼使神差地用手機打開了瀏覽器，搜尋戚茉的名字，得到「時尚新人」、「Deus新寵兒」這類的關鍵詞，大抵都是在敘述這個Deus新簽的模特來勢洶洶，一露面便讓業界驚豔，後續Deus對她的發展策略更是直逼首席的模式，各個破例都破在她身上。

戚茉。戚茉。戚茉。

以前，她的名字總是和她的名字在一塊兒。

她關上電視，看見黑著的螢幕上、自己的臉。湯沂的視線重回手機上，網頁的最下面有著好幾條相關連結，其中一條，恰恰吸住了她的目光。她從不認為自己的臉有什麼好看的，別人所稱許的漂亮，在她看來都是面無表情的皮相。戚茉比她好看得多。可現在，她也只有這張臉了，只有這張還可以由自己作主的臉。

湯沂冷笑，眼淚卻冷不防地掉下來。

便是那一晚，在Deus徵選模特截止的前三個小時，她將自己關在房間，悄然無聲地把簡歷打理好，送出去。

便是那一晚，她才真正懂得了戚茉的話——

湯沂，沒有人能真正感同身受的。妳要的，只是安慰，而我不會給妳。從來就沒有人拿著利刃架著妳，讓妳窒息的從來就只有妳自己。成績、大學、妳的雙親，這些是枷鎖，卻不是妳的命……

花了十八年所掙來的、所渴望得到的，都是白費。

多麼徒勞。

多麼可笑。

然而，決定生活將要分崩離析的瞬間，她得到了恐懼、得到了頓悟、也得到了空氣。

從現在開始，自己是零。

那一刻，她竟不怕往後的自己、會後悔。

／

「家裡太慣著妳了。」舒呈坐在自家客廳的沙發上，不帶任何表情地說，「乙莘，妳何時才會懂事？」他抬頭看著眼前的人，語氣裡不同於以往的嚴厲與指責，而是語重心長，想到之前的自己，他便又嘆了一口氣，「看來是我這個做哥哥的害了妳。」舒乙莘低著頭，沒說話。「所有合作的廠商紛紛和妳解約，一家都沒留下，連帶旗下模特的合約也受影響，這一次，可不是鬧鬧脾氣就可以解決的事了，乙莘。」

「哥，那柳藝怎麼——」

「我有沒有要妳惦記她？」他打斷她。這樣冷淡的舒呈反而更讓乙莘害怕，當他把對待別人的那套態度拿來對待家人時，事情一定是很嚴重的了。

「我怎麼知道——」

「有，還是沒有？」

「……有。」

「妳還反遭到她惦記，妳也不容易。」他冷冷地說，想著該如何安排下一步。

舒乙莘想起柳藝對她說過的話，她沒想到自己竟然一字一句都記得清清楚楚。她低著頭，默默道出：「我平生最討厭的，就是你們這些自以為是權貴的人。我不怕你們招惹，你們招惹了，才能讓我痛快。畢竟，從雲端摔到底層，還能好好活著的人，實在是沒幾個。」

「嗯？妳說什麼？」舒呈清楚地聽見了她說的話，有些詫異地看著她。

「這是……她跟我說過的話。」她抬頭看向他，「柳藝。她這樣跟我說過。」她現在所想到的都是柳藝那張令她發毛的臉，笑亦是、冷亦是。舒呈見到她眼中的慌亂，皺起眉，「到底怎麼了？柳藝說了那些又怎麼樣？她能動的就是這些，妳怕什麼？」

「哥，柳藝不是也在雲端上的人嗎？」舒乙莘知道自己的心跳得很快，也知道接下來她要說出口的話將會讓自己變得多麼陌生。她因為恐懼而微喘著氣，牙一咬，「讓她摔下來，不就好了嗎？」

自以為是權貴的人。曾經只是個灰姑娘的柳藝……不也是嗎？

難道她，就不是一倒塌便會粉身碎骨的人嗎？

舒呈看見她如此異常的狀態，不忍心再多說什麼，表面上應答著，要她回房休息，自己則是進了書房，立在窗前，深深地嘆了一口氣。這一方面，他實在無法做到爐火純青。他的父親也曾告誡過他：若要成，必要狠。而他的性格卻是人不犯我、我不犯人。

身為舒家長子，他似乎，是躲不掉的。想起舒乙莘在他面前一時的失態，舒呈閉了閉眼，拿起手機撥通祕書的號碼，「之前要你查好戚茉的資料，準備好了吧？」

「是。」

「明天將完整資料放在我桌上。」舒呈掛上電話，陷入沉思。他並沒有聽信乙莘的話，要動柳藝。相對於柳藝，現在處於上升期的戚茉更容易處理，她同柳藝一般，沒有家世背景的加持，又不似柳藝根基已穩，就算Deus能護戚茉，然而只要構成殺傷力即可，負面消息一旦出現在大眾面前，就算洗白，也不會完好如初。

讓他興起這樣的念頭的，是舒乙莘，可他這麼做，不是為了她，而是為了Stella。舒乙莘，這個名字可以從大眾心裡消失、這個人可以淡出幕前。

可是Stella不行。

因為Stella連著的，是整個舒氏。

二

傍晚，美國。

當言玄肆又一次踏進那間粥店，他遇見了姚風。她正抬頭研究菜單，時不時詢問店員菜色調配的問題。他沒特別打招呼，反倒是姚風注意到他，「你也吃粥當晚餐嗎？」

「嗯。這家不錯。」他難得多說了點話。姚風笑了笑，轉過頭問店員，「請問你們魚粥的魚肉有去刺嗎？」店員極有耐心地答道，「有的。」

「那我要一碗魚粥，要薑、要蔥，蔥多一些，不要芹菜，然後再一碗皮蛋瘦肉粥。就這樣。」店員幫她結帳時，她就同言玄肆說道，「戚茉喜歡吃蔥，但討厭吃薑，但薑暖胃，還是要加的。給她買粥也是想讓她養養胃，怕她來美國不習慣。」言玄肆默默聽著，視線還是停留在菜單上。她停頓了會兒，隨即看向他，「你們昨天出去，有吃飯嗎？」

「嗯。」

「一起吃的？」

「嗯。」

「唔，那就好。」她轉回去，看了眼手機上的時間，又隨意道，「戚茉不能自己吃飯，自己吃飯會出狀況。跟她以前發生的事情有關。剛開始跟在她身邊的時候我被嚇到過，後來再也不敢輕忽。這件事，因為是你，所以才跟你說的。如果以後你們兩個待在一起，別讓她一個人吃，要一起。」她從店員手上接過粥，「等等要不要一起吃？許姊好像有事。也找封亦一起吧。」

「……嗯。我問問他。」他仍看著菜單，隱約聽見了姚風說的再見，可腦子裡全是她剛剛的那一番話。

他想起昨天戚茉在他車上的樣子。

她的猛然反彈、蒼白與冷汗、手裡捧著的紙碗、以及眼淚。

「不能自己吃飯，自己吃飯會出狀況。」

許多片刻湊在一起，原來都有原因。

他低下頭，心忽然就疼了一下，「說句『不想自己吃』不就好了嗎，逞強什麼……」

戚茉一打開門，就被忽然前傾的封亦外加經典封亦大笑臉給嚇了一跳，一連退了好幾步。

封亦看她這樣，頓時就愧疚了，跨幾步過去就抱住她，拍拍她的背，「不怕不怕，真嚇到了？對不起啊，我以為開門的會是姚姊，我是要嚇姚姊的。」她還有些驚魂未定，悶聲問，「你來幹嘛？」他鬆開她，舉起手上的紙袋，「姚姊讓我們一起來吃晚餐。玄肆哥說妳要養胃，可樂妳沒得喝了，但是我可以分薯條給妳。」

聽到言玄肆的名字，她才默默往門邊看，言玄肆沒把剛剛發生的小插曲放在心上，逕自關了門、走進房裡，坐到地毯上，一雙眼睛就盯著她。戚茉莫名地心虛，邊走到姚風身旁坐下，邊說，「一個住在美國，又愛吃速食的人，沒有胖的跡象，還可以穩穩地當伸展台模特，岳姊說你就是世界第八大不可思議，就差沒有入維基百科。」

封亦滿足地揚起嘴角，「妳今天心情好。很棒，我一定要分薯條給妳。讓妳明天也心情好。」

姚風看了他這樣，笑了，把碗蓋給戚茉打開了後，幫著他們把紙袋裡的東西拿出來擺好，「封亦，你今年過了生日就二十一了？」

「噢，上個月過生日了。現在正值二十一歲好年華。」

「那就跟戚茉差兩歲了呢。但還是好年輕。」

「姚姊，妳……聽說二十五？」他小心翼翼地問，怕姚風也是那種年齡是地雷的女人。姚風倒是一臉無所謂，喝了一口粥，「是呀，我也是二十五歲好年華。」

戚茉聽了，淺淺地笑，斂著眼，舀一匙粥，上頭故意堆滿了蔥，輕吹幾口，含進嘴裡，吃了半口。言玄肆安靜凝視著這樣的她，神情不禁柔和了一些。

而封亦的話題仍繼續著，「那妳還比玄肆哥小一歲呢，被他姚姊、姚姊地叫，會不會覺得怪啊？」

「當然會呀，我原本只是一個經紀人的小助理，不小心升職了，大我十歲的資深前輩還是助理，也跟著叫我姚姊，頓時世界都玄幻了。」姚風平常就是個愛說話的人，碰上封亦這同道中人，就脫去那份身為經紀人該有的架子與沉穩，變回一個純粹的二十五歲女子。

言玄肆看著戚茉將蔥都吃完、把薑絲都避開，他抿起唇、壓下笑意。果然還是孩子。他從紙袋裡拿出一小包青蔥末，是他剛剛特地跟粥店要的。趁著身邊的封亦和姚風還在說話，他悄悄地把那包蔥末推過去，推到她碗邊。戚茉注意到了，抬頭起來看他，眼神一半困惑、一半訝異。他壓低聲音，「蔥這裡還有一點，配著薑，慢慢吃。」

戚茉望著他，說不出心裡是什麼感覺，有些突兀、又有些……暖意。她摸了摸那包蔥末，又抬頭看他。他仍直視著她，即使眼神交會了也不避開。他們就這樣隔著封亦和姚風兩個人，自成一個世界。兩個人就好像有了祕密一樣。

不過，確實是。戚茉憶起昨晚，便也沒有避開他的視線，就看見他的笑意微展。她覺得，這樣的他，比畫報更好看。

因為，他正注視著自己。

她眨了下眼睛，臉有些熱，趕緊把臉一轉，跟封亦嘟噥道，「薯條……」

封亦聽到她主動要吃薯條，驚喜了一番，全往她那兒推，「吃吃吃，不要理姚姊說什麼養胃。」

「封亦你這小孩——」

戚茉叼著一根薯條，又偷偷趁他們倆鬥嘴的時候拿了一根放進言玄肆手裡，她不知道他吃不吃這種速食，但顯然她沒給他拒絕的機會，因為她根本就不看他，放好了就縮回來繼續吃自己的。

言玄肆不怎麼吃這種速食，然而還是低頭，把薯條放進嘴裡。

／

近十二點，戚茉還躺在床上，一點睡意也沒有，她乾脆起身換衣服，打算去敲姚風的門。當她站在走廊上，要闔上自己的房門時，姚風正好從房間裡出來，耳邊還貼著手機，見到戚茉時神色驚訝。她停下手機裡的對話，「怎麼出來了？」

「原本要找妳。」她雙手放進外套口袋，「睡不著。」

她權衡了一下，關上身後的門，朝手機裡說了句，「不如我帶她過去吧。」隨即抬頭向戚茉道，「我現在要去分公司一趟，妳跟我一起吧。原本是定好明天讓妳過去看看設計成品，現在也可以，他們聽到妳能去，非常開心。」

「開心？」

姚風拿過她手上的房卡，打算到她房間裡拿些她可能需要的東西，只落下一句，「聽說他們為了顏色問題爭論許久，我只是去對行程的幫不上忙，但妳一去，偶數僵局就可以突破了。」

當姚風將戚茉送到設計師的會議室時，戚茉才知道原來 Eve 也在。很久之前，岳幕曾讓她選一個 Deus 旗下的設計師當作她的老師，戚茉對公司內部了解不深，當下選擇了一個名字，就被岳幕誇有好眼光，一挑就挑頂尖的。她後來才知道，原來她挑的是首席Eve，更讓她驚訝的是，在她沒有任何作品集可以呈現的前提下，Eve居然接受了她。

戚茉曾經問過她，為什麼認為她可以，她卻只得到一句回答。她告訴她：「等妳真的穿上了自己設計的衣服，看見了伸展台上的光，我再告訴妳。」

戚茉立在門邊，抬手輕叩了叩，眾人的目光隨即聚集在她身上。Eve微笑，「戚茉，來。」她走到她身邊，Eve便用英語朝大家簡單地介紹她的學生，並且在最末強調，他們眼前的這幾件作品，都是出自於戚茉的畫稿。眾人的眼神頓時就改變了。這幾件衣服的設計，雖說不上是完美，但創新，在細節上表現精緻，而在整體上，色調雖不是非常搶眼，但仍然引人注目。他們紛紛訝異於這個年輕女孩的嶄露，尤其她還是Eve稱讚能和言玄肆並肩的模特。

戚茉用英語和他們打了招呼，就不再說話，目光也沒有與他們任何一個人的視線對上，就安靜看著桌面上的畫稿與配飾。Eve和她耳語，「我特地從法國來，就是想替妳看看有沒有什麼能幫妳的。衣服成品我這是第二次見，所有細節差不多完整了，就差在顏色。妳的衣服，妳心裡有底。」

她望進她的眼睛，看見笑意。

她繼續道，「我曾經跟妳爭論過幾處應該要修改的地方，妳卻堅持不改動，直到今天看到完成品，我才明白妳的堅持意義深重。也才能跟妳說：做得很好。戚茉，妳從一開始，便是看見了衣服的樣貌，而不是畫稿的形狀。」她拍拍她的肩膀，「我猜妳這個時候過來，應該是睡不著。安靜看衣服也好，去吧。」說完，就讓她到衣服前面去，並讓其他人先回去休息，明天早上搭配著戚茉的意見再做定論，留給她一個安靜的空間。

等到所有人都出去，戚茉才默默脫了鞋，坐到地毯上，背靠沙發，望著一件一件衣服，緩緩地呼出一口氣。

每一套衣服都照她當初在畫稿上註明的幾種顏色做了出來，同樣的衣服，會因為顏色而有不同的呈現，於是她還不定顏色，才會有現在大家爭論不休的狀況。她一手拿著畫稿、一手拿著色卡，看著實際的顏色，很快地就有了定奪。一群設計師取捨了將近兩個小時的事，她半個小時就解決了。戚茉想，或許是因為這是自己的衣服，她最知道該如何展現。

她閉上眼，心裡有些煩亂。

戚茉搖搖頭，再度呼出一口氣。她睜開眼，到桌上拿了一枝筆和一疊紙，重新坐了下來。自從她開始和 Eve 學習，失眠時她總是以素描來打發時間，保持繪畫的手感。而今晚再拿起筆，卻讓她想起言玄肆。

「戚茉，人的念想是有額度的。」她還深深記得，昨晚的他斂下眼，在那間空畫室中，微低下頭，一筆一筆描摹著筆觸，邊向她低語。而她站在他身側，望著他。

戚茉想著他的聲音，手就慢慢地在紙上動了起來。

「而幸福也是。想要一輩子都能夠懷念、想念，就只能每一次，都只想一點。」他停下動作，仍舊側著臉，沒有看她。可她卻陷在他凝視著畫的眼神中。慢慢地，他勾起嘴角，轉過頭和她對望。這樣的他，沒了在他人面前時的冷漠、沒了在她面前時的自持，而是神情柔和、帶著眷戀地，「所以，戚茉，妳就允許我，只靠近妳一點、只想妳一點，這些額度，我想要一輩子……」

戚茉停下手上的動作，回過神來，看見紙面上，是他的一雙眼睛。

她畫下的，是他的雙眼。
就如同昨晚他畫下的、凝望的，是她的眼睛一樣。
他畫下的，也只有她的雙眼。

那時，她陷在他凝視著畫的眼神中。
而他，陷在畫中的她的雙眼裡。

／

凌晨四點多，言玄肆一身黑衣黑褲，安靜地推開設計師會議室的門，一時就愣在原地。他原本想，這時間設計師們應該會在這開會，他來，正好能夠關心並了解下這次的主題與概念，以往他都是這麼做的。而現在，會議室裡沒有設計師們，只有一個戚茉。

他輕關上門，走到地毯旁，看了眼趴在小桌上的人，索性脫了鞋，到她身邊探她的溫度，確定沒有發燒，只是單純睡著。他猶豫了一會兒，還是攬過她的腰，讓她靠進自己懷裡，打算將她抱到沙發上睡。然而，戚茉側身靠在他胸前，好似有所感知地，蹭了蹭，言玄肆怕吵醒她，一時不敢動，她也像是找好了舒服的姿勢，額頭貼在他肩頸窩處，安穩地繼續睡著。

言玄肆對這樣的戚茉有些無可奈何。他還想再嘗試一次把她抱起來，但她又動了動，更往上地將臉埋進他的肩頸窩，手搭在他腰上，手心攥緊了他的衣服，嘴裡嘟噥幾聲，又安份下來。

他輕嘆口氣，默了會兒，乾脆小心翼翼地坐下，把她抱到自己腿上，一隻手從後面環住她，另一隻手在她肩後輕輕拍著。戚茉的手也從他的腰移到他胸前，無意識地攥著他。她就像是蜷縮在他懷裡一樣。言玄肆斂著眼，將她抱緊了些，低下頭，將臉埋進她的髮，然後閉上眼睛。

就這樣吧。

在這座城市完全甦醒之前，他就陪著她，再睡一會兒吧。

三

她在他懷裡醒來。

戚茉緩緩睜開眼睛，便看見一隻手正滑著手機，她才意識到自己正被人抱著，她趕緊抬頭，言玄肆正好低下頭看她，見她醒了也不訝異，淡然地低聲問道，「才五點多，不睡了？」

她有些木然，正想起身，就被他抱得更緊了些，「那再陪我坐一會兒。」看她還維持著抬頭的姿勢，言玄肆以為她想拒絕，看著手機的視線也沒移動，只默不作聲地抬起一直抱在她身後的手，往她的頭一覆，將她壓進自己懷裡。戚茉猝不及防，只好乖乖就範。

她忍不住在心裡納悶，他這麼粗魯的一個人，怎麼自己就沒被他弄醒……

他不說話，戚茉也不知道該說什麼。凌晨五點多，正是最冷的時候，縱使會議室裡已隔絕了室外的冷空氣，仍有著冬天應有的冷冽。她有些耐不住寒，偷偷瞄他，來回了幾次，才終於跟自己妥協，伸手去拉言玄肆滑著手機的袖子。

「嗯？」他乾脆放下手機，把手環回她的腰上。

「冷……」她仰著頭，小聲地說。

「冷？那就抱緊一點。」言玄肆一本正經地回答。戚茉被噎住了，張了口卻不知道該說什麼。他看見她的反應，心裡滿意，表面上卻沒顯露出來，只是眼帶笑意，伸手去拿身後沙發上的他的外套，披在她身上。他的外套夠大件，披在她身上，完完全全罩住了她。他忽地想起了什麼，去握她的手。果然是冰的。言玄肆沒多想，把她的雙手拉到他的腰間，並伸進自己的毛衣裡，就這麼讓她抱著。

他做好了這件事便不再動，靜靜地感受著她貼在自己頸脖的溫度。戚茉的身子微僵著。雖說他的毛衣裡還有衣服，並不是直接碰上他的身體，但這仍然是件親密的事情。這麼想著，她的臉就有些紅。言玄肆知道她的想法，他沉著聲音，像是哄著，「認真的，抱一會兒就不冷了。」

戚茉貼著他的胸膛，透過微微的起伏感受著他平穩的呼吸，漸漸地就放鬆下來。她忽然就回想起那一天，在窗前坐了一整天的那個場景。就好像不用活著。自己曾這麼告訴他。不用這麼固執地、這麼堅強地、這麼麻木地活著，原來，不是因為那面窗，而是因為這個人。

她閉上眼睛，讓自己完全倚靠他，不帶一絲顧慮地，然後悄悄收緊雙手，悶聲喚他，「言玄肆。」

「嗯。」

「對不起……」

言玄肆斂下眼，什麼話也沒有說。

對不起，說好的那一天過了之後，本該拉開距離，卻鬆不開手。

對不起，我仍有眷戀，我仍有奢望。

言玄肆，對不起，對不起。

對不起，戚茉。

／

凌晨六點，姚風被公關部的電話吵醒。

「姚姊，國內這報出了戚茉的新聞，不是太嚴重，不過還是出個應對策略會比較好，妳趕緊上網路去看看。」姚風剛被吵醒，還睡眼惺忪地，但聽到戚茉跟嚴重這兩個詞，馬上清醒了幾分，原本還躺著的人立刻坐起身，「好、好，我去看，等等回電話給妳。」

掛了電話，正火急火燎地要上網，她卻看見螢幕上已經提醒著新訊息，五點多傳來的，她頓了頓，看見發送人是言玄肆，就先點開。

他的訊息只有八個字：關心則亂，不證自明。

姚風愣了兩秒，腦子快速運轉著，心已經不似剛剛那般著急。她退出訊息介面，上了Google，打了「Deus戚茉」幾個字，第一則資訊便是最新的新聞。她瀏覽了下，確實不是件嚴重的事，只是有人拿戚茉的學歷作文章。報導的底下有幾個連結，姚風都陸續點進去看，而PTT上早已有了一些聲音，有些是護航的人，但更多的是批評與酸民言論，有的說「空有一張臉，沒有內涵，竟然才高中畢業，走投無路才選這路的吧，不就好險還有臉」；有的還說「這麼短時間被捧紅，搞不好是潛規則上位的」，各種言論皆有，更有人扒出戚茉的學測成績與畢業獎項，風向帶得亂七八糟，姚風看著就頭痛。

只要不是真正做錯事，其餘的都是小事，但潑髒水要洗白不容易，尤其還是莫名其妙的髒水，又偏偏在這種學歷至上的環境中。可是為了這種事就發聲明稿太多餘，也太作戲。

戚茉明明這麼好，怎麼可以因為學歷就被否定……

關心則亂，不證自明。

姚風搖搖頭，讓自己恢復冷靜和客觀，不斷想著後面四個字，忽地有了個想法。她回撥給公司的公關，簡述了自己的想法，確定可行程度之後，便開始一一安排，打通關節。

而這一邊的戚茉對這件事全然不知，身邊的人早已被姚風提醒，暫且不要告知戚茉。於是早上設計師們選定衣服後，下午便讓模特試裝，Deus自家先一路彩排到晚上，才參加明天凌晨的全體彩排。

而戚茉身為模特又身在設計團隊，事情當然多，Eve並不會因為她是模特就讓她不用做事，反之，設計師需要做什麼，戚茉也要跟著，沒有人同她說新聞的事，她自己也無暇分心。

因此，就可以看見戚茉一整個下午都在彩排場地中穿梭，身上套著大件的黑色毛衣，下身是淺藍色牛仔褲，而腳則穿著樣式簡單的白色板鞋。

言玄肆就這麼看著她來回忙碌。

在繁雜的工作項目中，與人不斷溝通、到處移動著幫忙，在她臉上卻看不見一絲煩躁或是疲倦，她的表情專注且沉靜，更帶著真誠地，雖不是笑容滿面，卻也不遭人詬病。過程中，戚茉似乎是嫌頭髮煩了，跑到來探班順帶吃點心的封亦面前跟他要了頂帽子，封亦便從包包裡拿出自己的白色備用帽給她，戚茉調了調帽圍，隨即把頭髮往後撥去，鴨舌帽一倒扣，滿意了，又返回去做事。

這樣的戚茉和在鏡頭前、在人群前很不一樣。全然乾淨的臉龐、沒特別搭配過的衣飾，她的身上並無一點特別鮮艷奪目的顏色，可這樣忙碌著的她，卻有著平時見不著的明亮感。

言玄肆看得有些著迷。

在那些外國模特中的戚茉顯得格外嬌小，就如同在他面前，她也讓他感覺到她的脆弱。可這樣脆弱的她也無比倔強，帶著那樣清澈卻又隱喻層層的眼神，時而柔軟、時而堅定地來到他面前。

讓人，想要穿越時光與人群、穿越無數不能言語的瞬間，擁抱她。

一直在做著設計師工作的戚茉最後終於拿著兩套衣服走向言玄肆。她遞給他一套，另一套則是給自己，都是他們等等彩排第一套就要穿的。她抬眼，挑起眉，「怎麼沒去化妝？其他模特幾乎都就位了。」

「我不急。」他同樣望著她，像是有許多話要說，最後卻只說出這三個字。

戚茉有些困惑，「嗯？」

「嗯什麼？」

「……我以為你還要繼續說話。」她把衣服掛在臂彎處，拿下鴨舌帽，撥鬆被壓得有些定型的頭髮，卻使頭髮更加凌亂。在她準備抬頭跟他打個招呼，就這樣去找造型師時，言玄肆冷不防伸出手，緩慢地順了順她的長髮，將遮住臉的髮絲都塞到耳後去，原本的凌亂變得整齊。他這才把手放回口袋，壓著聲音道，「去吧。」

戚茉抿起唇，默了兩秒，轉身往更衣間去。

她一走，封亦就拎了個人到言玄肆面前，臉色不大好看。言玄肆睨了那人一眼，給了封亦一個詢問的眼神。封亦到他旁邊低聲說道，「剛剛你和戚茉講話的時候，這人在拍照。雖然他這幾天一直待在團隊裡，應該是公司的人，但不是美國這邊的，我看著眼生，而且他行為太詭異了，就拎來給你看看。」言玄肆沒什麼表情，看向那個握緊手機、低著頭的人，「這人交給我。」

「嗯。」封亦又側頭看了幾眼，安靜地離開。

言玄肆轉身走了幾步，有些不耐煩，轉向後頭，「還不跟上來。」

那人趕緊跟上，亦步亦趨，跟著他來到走廊上。

言玄肆立在牆邊，依舊是雙手放在風衣口袋的姿態，表情卻已完全冷下來。偷拍的人一聲不吭，只是握著手機的手越來越緊，關節都發白。他緩緩開口，「言家，是吧？」

那人頭低得更低，不是因為羞愧，而是因為言玄肆的氣場令人害怕。他們都聽說過這位言家二少，也知道，一旦惹到這位，他什麼事都有可能做出來。

他又問了一遍，才得到一句回答，「是的。」

「我早就跟叔叔說過了，要蒐集證據可以，但別在我看得見的地方。」他猛然伸手奪過他的手機，睨了那人一眼，後者便不敢同他搶。言玄肆打開手機相冊，找到他剛剛跟戚茉說話的照片，他把照片一一刪除，只留下她拿衣服給自己和她轉身離開的幾張「證據」，隨後再打開錄音機的介面，把錄音停掉，將今天的檔案刪除。他把手機還他，並拿自己的手機拍下那人的臉，然後收進口袋、挑起眉，「要跟叔叔碎嘴可以，考慮下後果。不論是以言家的力量，還是以我個人的能力，這個後果，我想，是值得考慮的。」他眼神一凜，「滾吧。」

那人回到彩排場地，隨便找了一個安靜的地方，拿出另一支手機，打電話。這是定時的回報作業，他不得不做。當電話接通，他便穩著自己的聲音開口，「董事，是，是。一切正常，沒有，沒有任何把柄，二少和其他模特幾乎沒有一點接觸。好的，是。」

他掛上電話，緩緩地吐出一口氣，拿出了被言玄肆刪過照片的手機，編輯一則訊息：二少親自刪了一些照片和音檔，我這只剩幾張。其餘的都即時傳到雲端上了，請總經理過目。

發送。

沒多久，言似清的名字在螢幕上出現。

言似清：照片留一、八、九，今天的音檔都刪除。

他對照了雲端上和手機的照片，確認無誤，回傳道：二少也是留一、八、九，今天的音檔全刪。雲端上也全部刪除完畢。

言似清顯示已讀，沒有再多說話。

他又將自己和他的對話刪除，不留一點痕跡。

／

多年前，言似清立在落地窗前，望著窗外的城市，而沈珂站在他的辦公桌前，等待他發話。那時，是深夜，微雨。言似清就這麼背對著他，不急不徐道，「你可知道我叔叔是誰？」

「……言董事。」

「那我是誰？」

「總經理。」

「還有呢？」

「言家的大少爺。」

「最重要的，你沒有說。」

「是、是繼承人。」

「那你知道玄肆是誰？」

「言家二少。」

「還有？」

他一時間說不上來，言似清便轉過身，一雙眼睛深沉無瀾，聲音低沉、帶著警告，「他也是繼承人，同時也是我弟弟。」

沈珂有些混亂，摸不清眼前的人想告訴他什麼。

「玄肆幾年後就會接管言氏的事業，擁有股份與地位，與我平起平坐。那個時候，言家的掌權人便不再會是我叔叔，而是我們兄弟，而你現在，卻站在了我們對面？要不是我抓到了你偷拍，你真會把照片毫無保留地交給指使你的人？」

「我——」

「你真的以為，言家只有他能一手遮天嗎？」言似清似笑非笑問道，見他不語，他也不急，逕自拉開椅子坐下，好整以暇地看著他。

明明是他處低位，卻讓沈珂感覺自己仍被睨視著。

「行事張狂，必定會形跡敗露。他能一手遮天，靠的是什麼，我都很清楚。我需要的，只有時間。言家遲早會換人當家，你現在轉換陣營，並不晚。」言似清收起笑意，「只要你動了言玄肆，便是動了我，你只要靠向叔叔那一方一丁點兒，我就讓你什麼也得不到。」沈珂這才懂了這番話的意圖，也才暗自驚嘆，這位平時溫順、甚至在董事面前頻頻低頭妥協的總經理，原來心思如此深沉。

也是在許多年後，電視上新聞片段不斷閃過、記者主播大量的話語堆疊、言氏和Deus那一陣子的動盪不安……，所有的轉變快速且出乎意料。沈珂就這麼看著一切塵埃落定，如大夢初醒。

行事張狂，必定會形跡敗露。

此話確實不假。

當局者迷，身在此局之人，若要勝，只能多情扮無情。

於是，言似清不是一個好哥哥，卻是一個合格的掌權人。

四

隔天，季末聯合展正式登場。大型的場地、五光十色的燈光、展台以外全數擺滿的座位，就位的大型攝影機與井然有序的記者區、嚴陣以待的各方工作人員，都暗示著這一場伸展台的重要性與專業性。受邀的觀賞者已陸續進場，各自於位置上寒暄著。

後台。

戚茉已全然投入於模特的角色，不似身邊的工作人員以及昨天的她一般需要來回奔走，她就坐在鏡子前，看著雜誌，聽身邊的助理再一次提醒走秀流程，讓化妝師做最後定妝收尾的工作。

那些Deus的外國模特看她這般，才有了她真的是模特的實感。他們對於戚茉的印象，除去昨天親自見到的，在彩排場地裡的漂亮且聰明的女孩，更多的則是雜誌裡的人像、與一些網路上的她的走秀影片，知道她、也一定程度地肯定她，可卻還未感受過她，感受到這個「公司新寵兒」的魅力何在。

封亦戴著黑色的鴨舌帽，笑著走進後台，跟大家一一打招呼，最後坐到了戚茉身邊，給她一個大笑臉，「緊張嗎？」

「還可以。」他笑得更深了，「我知道妳沒問題的，就是來跟妳聊聊天。我緊張。」

「你有什麼好緊張的？」

「這是我入公司以來第一次沒上台，坐觀眾席我緊張。」

「……要不你回去吧。」

「……聽說我這樣的行為叫做『討拍拍』，妳就不能給我個『拍拍』？」說完，還咬著唇、收了下巴、眨眨眼睛，非常標準地賣個可憐。戚茉側眼睨了下他，視若無睹地轉回去，「你回去吧，趕緊地。」封亦整個人靠向椅背，一派輕鬆道，「我要是真討到了，那才該擔心呢。」他收了笑容，認真道，「戚茉，妳之後還會跟著Eve吧？那明年妳會再參展嗎？我也想穿妳設計的衣服走伸展台。玄肆哥最後要穿的衣服就是妳設計的吧？」

「嗯。」她轉過頭，仔細地凝望著他，封亦不明所以，有些不安地問，「怎麼了？妳不會是看不上我吧？我有身高也有顏啊，雖然不比玄肆哥帥，但我比他高……」戚茉聽了微愣，隨即無奈，「哪那麼多廢話，要人給你設計衣服，還對人嘮叨。」封亦聽懂了她的意思，孩子般地笑了笑，不再說話。

這次的聯合展依照慣例，四家公司的設計師群各自展現創意，呈現各式風格，並由各公司派出的六至八位模特，共二十八位模特混合走秀。Deus的十件作品，六件分到了別家模特身上，四件在自家模特這兒，其中兩件負責的模特正好就是言玄肆和戚茉。而在三十六件作品的分配中，二十八位模特各有一件的額度，剩下的八件平分給四家公司，再由公司自主分配由哪兩位模特再上場。Deus這邊，決定的是言玄肆和戚茉。言玄肆是因為歷年來出色的表現而被指名，戚茉則是因為Eve的強力推薦才得到青睞。

不久後，封亦在工作人員的提醒之下離開了後台。二十分鐘後，季末聯合展正式開始。在後台，能聽見外頭的開場音樂已響起，而吵雜聲與交談聲漸漸消失，這時，工作人員們開始新一輪的忙碌，再次確認所有細節，以及確認等會兒有些模特須再上場的衣飾，深怕有什麼差錯。戚茉在指引之下站起身，加入了等待上場的隊伍中。言玄肆一路走到了最前頭，神色清冷，安靜等待。

讓他作為開場，沒有人會對這樣的安排有質疑。

戚茉望著他，腦中忽然就閃過了四個字：高處勝寒。

言玄肆像是感覺到她的視線般，側過頭來，精準地與她四目相交。一秒、兩秒、三秒。開場音樂結束，蔓延到後台的餘光變了顏色，言玄肆視線一收，踩著新曲子的第一個節奏點，上場了。

場外掌聲響起，模特的隊伍開始移動。

戚茉驅散思緒，閉上眼，又再度睜開，兩眼已無任何私人情感。

衣服之內、鏡頭之前、展台之上，不論是誰，都不是誰。

湯沂手捧著餐盒，戴著耳機，目不轉瞬地盯著手機看，耳邊專注地聽著主播說話，而螢幕上，正是關於國外季末聯合展的新聞。

「——這次Deus公司派出的七位模特中，有兩位是華人區的模特，其一是Deus男首席言玄肆，另一位則是當今被稱為『Deus新寵兒』的戚茉。言玄肆這位模特在伸展台界，不論是國內，或是國外皆赫赫有名；而已經與Deus簽約一年多的戚茉雖曾參與過國內的秋季展及新春展，但主要還是在平面雜誌上發展較多，在這次的聯合展中，她在眾多國外模特中顯得嬌小，但表現亮眼，脫穎而出，得知了參展作品中亦有她的設計，讓許多專業人士驚嘆，也對她越發感興趣。以下，是聯合展的走秀場面，稍後，將會有戚茉於後台的採訪，詳細報導我們交給專題記者——」

伴隨著記者搭配著畫面的解說，湯沂看見了戚茉。就如剛剛主播所說的，她的個子在國外模特中非常吃虧，必須穿著一定高度的高跟鞋才能上台。湯沂自己有了經驗才知道，那其實很不舒服，單單站著尚且難受，更何況是走秀這樣高要求的場合。然而，戚茉做得很好。身上是複雜的衣飾，腳踩著非常高的高跟鞋，她的姿態依然挺拔、表情到位，氣勢一點都不輸他人。

表現亮眼，脫穎而出。

真的踏上這條路之後，她才好好地將擋在眼前的迷思雲霧撥開，懂得了，這個圈子，不是一日便能功成名就，不是徒有外表就能平步青雲，能有此呈現，是戚茉真的很認真地投入於其中。

模特也好，設計也罷，縱使經歷過那些與她分道揚鑣的過程，縱使忌妒過、恨過，湯沂的意識深處，仍舊會不由自主地相信她，相信她會做得好。因為她，比自己值得太多。學生時代，當她與自己分享過無數張素描與隨筆、她看著她那發亮的眼睛，湯沂就知道，這樣的人，就是光芒本身。

耳機裡戚茉講著英語的聲音傳來，與攝影棚裡工作人員的吆喝聲重疊在一起，湯沂匆匆用筷子扒了幾口飯，摘下耳機，胡亂將東西塞進包包裡，便放下餐盒，進行拍攝作業。

最近湯沂自己額外向網拍部應徵了網拍模特，為的就是要多適應鏡頭。她不在意那些模特分界，不在意這樣跨領域掉不掉價，不在意別人的閒言閒語，她只知道，她需要進步，需要在雜誌中有所展現，而不是從雜誌中發現缺點、坐以待斃。她只有這條路了，不能將就。

湯沂讓化妝師稍稍整理下造型，快速地站到鏡頭前，放鬆自己，一眨眼，笑容揚起，快門聲隨即響起。

一件一件衣服，不停換裝、微笑，這樣工作量很大，讓湯沂無暇分心。

直到晚上十點多，攝影棚終於收工。她回到更衣室裡換上自己的便服，走到場邊拿起自己的包包，一一向工作人員打了招呼、邊道辛苦。一路保持笑容出了公司大樓，走進夜裡，她才斂起表情，顯露出倦意。

湯沂緩緩走著，並不急著回宿舍去。她想起剛剛耳邊聽見的戚茉的英語採訪，腦子自動對應上兩天前關於戚茉的負面新聞。湯沂不得不承認，當初放棄原本升學軌道的戚茉，用這短短十幾分鐘的新聞畫面，將高喊著學歷至上的人，狠狠地打了臉。

他們口中只有高中學歷的人，走上了國際伸展台、表現絲毫不遜色於其他模特；在眾多名設計師中，她的作品壓軸登場，使人為之一亮，受專業人士青睞；面對外國記者的採訪，英語應對流利，絕非一般大學生能比。

所有學歷，都比不上實質能力的呈現。

這樣的她，不用一句辯駁，就已完勝。

／

姚風正要從飯店的小冰箱裡拿出早早預備好的冷敷袋，口袋裡的手機響了兩聲，現在是非常時期，她只好關上冰箱門，把手機拿出來，點開訊息。

許靜：做得很好。

她盯著螢幕幾秒，抿起唇，壓下笑容。

她拿出兩個冷敷袋，分別用毛巾裹好，然後走到正坐在地毯上看書的戚茉身邊，也坐了下來，將她伸直的腿抬起一隻，放一個冷敷袋在腳踝處，再抬起另一隻，再放一個，「好好敷一會兒，不然又要難受了。」

「嗯。」

「戚茉，回國之後，公司會讓國內模特拍攝這次聯合展中 Deus 的作品，妳的作品當然會是妳拍。我在想，到時拍好了，跟雜誌部拿檔案，洗成大海報、裱上框，掛在妳宿舍的牆上吧？幾乎每個有點名氣的模特都會這樣做呢，柳藝肯定在宿舍裡掛了好幾幅，言玄肆每次都把拍攝作品要回去，大概也會留自己滿意的，怎麼樣，好不好？那件衣服真的很美，改自中國傳統的襦裙樣式，藍染與白紗的漸層搭配、網紗和烏干紗的調和、揉墨與燙金的點綴，咳，我真的不懂這個，明明聽得很認真，但也只記得這幾個特色，只好偷偷看直播字幕背下來了。」姚風訕笑，「真的很棒，網友們都說妳有一股仙氣呢。掛吧？好嗎？」戚茉翻過頁，難得有些想笑，「好。」

姚風見她答應自己，滿足了，也不吵她看書，就坐在一旁安靜工作。她把筆電放在腿上，連上網頁，看見前兩天的評論已慢慢轉好，始終懸而未定的心這才真正安定下來。看來，這則負面新聞就算是輕巧地化解了。

姚風沒忘記言玄肆在事發之初便傳來的訊息。現在細想，讓她不禁感嘆，言玄肆進入模特界九年，經歷輝煌也有過風波，這樣打滾多年的他，頭腦確實清楚。戚茉新聞一出，他便將所有狀況明確理解、撇去所有私人情緒，以最客觀的方式，引導了最小的傷害。

關心則亂，不證自明。

他是真的懂戚茉。

「妳說的對，我還是跨進去了，可必要的時候我會護她，不管是用什麼方式，不管她願不願意，不管她會不會因此受傷。」

「而妳要的，只是不想她受傷難過。這正是我做不到的。」

姚風神色微黯。

她曾無數次地希望戚茉遠離言玄肆，無數次地希望戚茉幸福。

可幸福與安穩一生，言玄肆說，他只為她選擇一項。

姚風側頭看向戚茉，後者正垂著眼眸，專注地看著字句篇章。

這是姚風第一次，由衷希望，他不要放開戚茉的手。

縱使他是言玄肆。

因為他是言玄肆。

五

季末聯合展讓戚茉的知名度大增，熱度持續了兩個多月，許多聯名展及雜誌都邀請她一同參與，姚風同公司的人積極討論、評估項目，取捨之間，進退得宜。轉眼間，忽然消失在螢幕上的舒乙莘已被眾人遺忘，柳藝以長久的螢幕曝光度佔了市場風頭，而戚茉則是在模特界身價扶搖直上，Deus雙頭並行，股價大漲，如魚得水。

而這兩個月來，Stella恢復低調，沒有特別突出的宣傳與活動，所有模特幾乎待遇相同，通告、拍攝雖不曾斷過，但發展一般，普普地維持現狀。舒呈知道，他這是被Deus擋下來了。更應該說，是被言家牽制住了。幸好不是針對性，只是一個「業界競爭中，強者普遍性地施壓」的情況罷了。若是被Deus知道，是Stella在背後操作戚茉新聞的事，那後果會比現在更嚴重，事發之初就沒有達到預期效果，要是再被針對，恐怕難以全身而退。

戚茉從前太低調，沒想到聯合展一鳴驚人。

是他輕敵了。

舒呈坐在辦公室的沙發上，將臉埋在掌心中。或許，乙莘才是對的，她更像舒家人。他想。

他做不到心狠，他只想安穩。他心目中的舒家，不須名列第一，只要順遂平穩。兵來將擋，如此即可。

囂張跋扈、野心勃勃、無所不用其極，他不願。

但這才應該是舒家。

／

某個夜晚，事情發生得很突然。

一段影片在網路上轉載著，原不是大事，然而，一點可供想像的蛛絲馬跡一旦被抓住，就會被傳成流言。最初很簡單，只是一個跟團的小助理，在Instagram上傳了一段Deus內部在季末聯合展後的慶功宴影片，只有短短的十五秒，影片中有許多人，但能看出其聚焦在兩人身上。影片底下，那個小助理寫道：「男神和新女神。同是兩位高冷的神，讓人崇拜。靜靜地並肩坐著就是風景。他們倆最近常待在一起，小女子從進公司到現在從沒看過男神跟誰親近。（男神是不是要被收服了？）」

這則貼文沒有標記，也沒有主題標籤，完全就是小助理自己傳著開心，還特地等聯合展過了熱度之後才上傳，只是沒想到，這一個無心、也不謹慎的舉動，竟造成了蝴蝶效應。貼文被有心人轉發，網路上對此議論紛紛，許多粉絲開始選邊站，各個娛樂網站或多或少都發了即時稿。事發後，小助理很快地刪除了貼文，卻早已無法挽救。

有些網友理智地表示道：「只是坐在一起，沒說話、一點互動也沒有，純粹腦補，沒有可信度。」

Deus方面不給予回應，純粹當作閒言閒語，沒有辯駁的意義，只是私下給予了小助理處分。

而戚茉這邊，不小心被記者們堵到過一次，那個時候，她半點慌張也沒有，戴著大墨鏡，面無表情，被問到關於影片的問題時，她倒是反問了句，「看過影片了嗎？」

記者舉著麥克風，不明所以，還是照實回答，「看、看過了。」

「那你覺得呢？有什麼值得報導的地方？」

「……光看影片看不出有什麼。」記者有些愣。

「那等你看出有什麼的時候再來問我吧。抱歉，我趕時間。」

這段採訪畫面一曝光，意外壓過原本的慶功宴影片，戚茉又再一次轉移了大眾的焦點。

可事情終究沒有結束，有些事正要開始。

這一晚，言玄肆洗完澡，頭髮還未擦乾，手機就響了起來。他一看見來電人是言似清，便趕緊按下接聽，將手機放到耳邊，沒說話。他在影片曝光之際，便已開始留意所有關於言家的動向，這幾天都是草木皆兵的狀態。

這通電話也許事關戚茉，他難得有些慌。

接聽的當下，他沒聽到言似清的聲音，隱約明白狀況，索性扔開毛巾，坐到沙發上，安靜等著。很快地，聲音就從手機那頭傳來，不是言似清，卻也是他熟悉的人。

「那女孩我也有聽說過，她的工作，似乎會跟玄肆有很多交集。」

言似清似乎就在手機旁邊，聲音比較清楚，語調漫不經心，「是有交集，但玄肆似乎不把她放在眼裡。我問過他，認為戚茉適不適合上任首席，他說現在的Deus已經夠抬舉她了，別讓Deus掉價。所以我想，暫時可以不用太在意戚茉。」

「那孩子，看不上比自己差的人。」

「那就——」

「但是，」他打斷他的話，「也是許久沒有警示下玄肆了。」

言似清一時沉默，言玄肆在這一頭默默握緊拳頭。

「似清，你覺得呢？」他說得緩，有些試探的意味。

「……也不是不可以。」言似清開口，言玄肆心裡一緊，耐心地等著他的後話。言似清語中帶笑，「只是，我不覺得單單一個戚茉就可以警示他。他現在在意的，是他的模特生涯，我想，可以從這方面下手。若是選了戚茉，不但玄肆不痛不癢，對Deus也有所損傷，戚茉對公司還有不少利益可言，股票還得靠她和柳藝繼續漲起來。」

「你終於想開不再護他了？」

「叔叔，我只是為公司著想，也可以說是為商言商。至於護他，玄肆終究是要回言家的，讓他覺悟也好。不過，我仍有些不明白，這麼多年，叔叔為何就針對玄肆？」

雙方一時無話，過了會兒，聲音才又傳來，「你爺爺，曾經對你伯父，也就是玄肆的父親說過，『你不願意接手言家，我就讓你的兒子一輩子為你承擔。』說到底，我大哥是不合群的人，我們這些孩子為了言家放棄那麼多，憑什麼，他可以想怎麼活就怎麼活？他有本事離家、私奔，就要有本事護他的妻兒一輩子。可惜他沒有。所以，這就是言玄肆的命。」他緩了片刻，「似清，看著玄肆，你就沒有一點這樣的想法嗎？憑什麼，你要扛著言家，而他卻能夠做他想做的事呢？」

「……玄肆終究是要回言家的。」言似清低聲開口，沒有正面回應。那人輕笑，「你明白就好。那麼，警示的事就先緩緩吧，把戚茉捧上去，不管玄肆願不願意，先撈一筆吧。」

「明白。」

對話結束，手機裡傳來細微的聲響，應是門被打開，又被關上。

電話兩邊都陷入沉默。

言玄肆僵坐在沙發上。

「你不願意接手言家，我就讓你的兒子一輩子為你承擔。」

這就是少年時期，他不斷質疑自己的人生、不解自己為何要遭受如此對待時，遲來的答案。

竟是這樣可笑。

他所承擔的一切，竟是這樣可笑。

「玄肆，」言似清將藏在書桌邊的手機拿起，靠在耳邊，他的聲音這時才透露出疲倦，「都聽見了吧？哥哥為了你，現在都能臉不紅、氣不喘地撒謊了。」他無力地玩笑道，「原來，我也變成了自己曾經討厭的雙面人，見人說人話，看來，大多數的時候，我都不是人。」他沒接話，言似清閉了閉眼，感嘆道，「玄肆，時候到了。他已經盯上戚茉，你不能再出一點差錯。」

「你是不是覺得我很可笑？居然因為這樣一個可笑的理由，賠了整個人生。」他的聲音很低，「如果當初死在國外，是不是更好一些？」

「玄肆——」

「我知道了。戚茉……我會了斷。」他逕自掛上電話，不留給他一絲時間說話。言似清僵了幾秒，緩緩放下手機。在問出那個問題之前，他曾想過任何功利性的原因，卻沒想過會得到這樣的答案。純粹因為忌妒、因為不平衡，於是，要毀了一個人的人生。

言似清輕輕地笑了起來，眼睛卻有些酸漲。

他覺得這些人太噁心，然而，他卻得站在他們那一方，將玄肆拖進深淵……

他收起笑，起身將小書房的燈都關上，回到寢室，將窗簾拉上，頓時，房裡一片黑暗。言似清立在原地，面無表情，腦中只剩下言玄肆剛剛那一句問句。

玄肆，可笑的並不是你，是整個言家。

／

「務必將戚茉的行程空出兩個小時給我。」

姚風收到了言玄肆的訊息，問了原因，卻一直沒有得到回覆。她想了想，還是排出了一個下午的空檔，並告知他，「下下星期三的下午，這是最近的時間了，她一直有課。」

「好。」

姚風將這個行程安排告訴了戚茉。戚茉聽了也有些意外。自從慶功宴的影片事件後，她已經好幾天沒有見過言玄肆，不論是見面還是從平面媒體上，都毫無他的身影。這麼突然的要求，讓她一時也猜不透他想做什麼。

她腦中猛然閃過過往的許多片刻，在拳擊擂台上、在攝影棚內、在鏡頭前、在落地窗邊、在那間空畫室中、在會議室裡……，那些片刻都有他，時而面目清冷、時而帶有笑意，而那雙眼睛，曾專注地看著自己。

戚茉忽然很想他。不明所以地，很想念他。

而這樣的念想，卻讓她不安。

就像是冥冥之中，已有種無能為力，扎根在她心裡。

六

在約定好的時間，姚風將她送到約定好的位置。是在一座小遊樂園的門口前。而言玄肆就一身黑衣黑褲，戴著黑色鴨舌帽，立在牆邊，視線早已定在她身上。而戚茉同樣戴著帽子，走到他面前。他看著她走來，自始至終都沒有眨過眼，在她要開口之際，他才漫不經心地勾起嘴角，「進去吧。」

她盯著他的背影，明白他是不想讓自己問話，一時不太高興，卻只能跟上去。給了票，進到園區，與他並肩同行時，他不說話，她也就不說話，忽然地，他握住她的手腕，輕輕下滑，牽住了她，同時他開口，「想玩什麼？」

戚茉的手僵了僵，抬頭望他，他只是很平靜地看著前方，隨後感受到了她的目光，這才低頭與她對視。她緩緩開口，「為什麼……要來這裡？」

「聽說中學的畢業旅行很喜歡到遊樂園來，就想看看妳以前還是學生的樣子。」

「我不玩遊樂設施。」

「既然都來了，去坐雲霄飛車吧。」他剛要邁出一步就被拉住。

「不坐。」戚茉皺著眉。他以挑眉當作詢問。

「我……」他們對望幾秒後，她投降似地將臉側向一邊，悶悶地道，「懼高。」他笑了笑，

「懼高？那這雲霄飛車是一定得坐的了。」戚茉轉回來瞪他，彷彿又是初遇之時，他輕浮傲慢、她冷冽固執。他還在笑，隨手就把自己的帽子摘下來，再把她的也摘下，看清楚了他意料之中的她的神情，他很得意。戚茉竟覺得他的神情有些暖。這時，他特地彎下身和她平視，笑容斂了些，「坐吧。沒什麼好怕的。真要出什麼事，還有我作陪。」

他們倆對視了一會兒，她頭一撇，人就往排隊處走。

平日的遊樂園幾乎沒什麼人，說是排隊，其實也沒有排就直接進場。言玄肆果斷地選擇第一排的位子，戚茉睜大雙眼，站在原地不動，「我一定要跟你坐在一起嗎？」

「妳要是敢一個人，就自己坐。」已經坐上位子的他側頭望她，向她招手，「過來。」他看得出她在緊張，格外地耐心道，「沒事，不要怕。」她瞥了一眼身子後方其實有些不耐煩的服務員，只好硬著頭皮走過去，坐在他旁邊的位子，讓服務員把安全桿降下來。

被困住的一瞬間，戚茉真的很後悔，「言玄肆，你瘋了吧……」

「等等上去，可以看到最漂亮的風景，它會吸引住妳的目光，」言玄肆這時也像是在自言自語，又像是在和身邊的人說話，「不用透過摩天輪車廂的玻璃，而是可以親眼看見。」他側頭凝望她，默不作聲地握住她的手，「戚茉，站得很高或許令人恐懼、令人寂寞，但就是因為站得

高，才能看見那些非凡的風景。」

他用著和她說話的方式，讓她的心靜下來，而她又怎麼會聽不出他真正想說的話，「……平凡，不好嗎？」

「那些平凡的風景裡，沒有屬於我們的位子。沒有位子可以容身，所以只能往上爬。」

車開始緩緩前進。

戚茉的心瞬間又緊張了起來，一手抓著安全桿，一手緊握著他的手，眼睛不由自主地閉上。她感覺到風拂過她的臉，陽光穿過雲層灑落在她身上，似乎離她越來越近。車子傾斜的角度越來越大，上升得也越來越高，忽然到某個高點停住不動。

「戚茉，」言玄肆的聲音傳來，「睜開眼睛。」

她想起風景，勉強睜開一隻眼睛，過幾秒，也睜開另一隻。

言玄肆說得對，眼前的景色會吸引住她的目光。

戚茉從沒在這麼高的地方看過海。甚至連海邊都只去過一兩次，印象早就模糊，而現在卻滿滿地映入眼簾，帶著淺淺的藍，延展至更遠的那方。他面色沉著地望著她的側臉，安靜地記著此刻的她，然後伸出手幫她將髮絲勾在耳後，「戚茉，準備好了。」

「準備什麼？」她的視線還定在遠方，結果一秒後，雲霄飛車無預警地從最高點往下衝刺，伴隨而來的是一個響亮的尖叫聲。

尖叫聲源自於言玄肆的身邊。

戚茉早已緊緊地閉上眼睛，尖叫聲一聲高過一聲。

言玄肆聽著她的尖叫聲，很沒良心地笑了，而且是爽朗大笑。他心情很好，甚至把雙手舉高。這樣的行為，讓戚茉被迫也舉起一隻手，她慌亂地握緊他，尖叫之餘還大喊著，「言玄肆你就是個瘋子！」

車轉了個彎，又要往最高點快速上升，言玄肆比她更用力地握住她，「別怕，有我呢。」戚茉尖叫著，卻也慢慢張開緊閉的雙眼。隨著車子快速爬升，海在她眼前漸漸出現，她的手心傳來身邊人的熱度，她也不知道哪來的勇氣，將另一隻手也舉起。

她好像有些明白了言玄肆的舉動。

在快得令人害怕的速度之下，將手舉在風中，身子像是要隨著速度被拋出，眼裡看見的是無比靠近的天空，失去重力似地，像是更接近死亡，卻也更接近自由。

自由。

轉過頭看了他一眼，他臉上的笑容帶著孩子氣，她從來沒見過這樣的他。

她也許久沒見過這樣的自己。

她轉回來面對前方，隨著又一次的急速下降，她的叫聲又再一次傳來。但是不一樣了。她的叫聲帶著趣味、享受、放開，言玄肆察覺了，瞥了一眼，看見她臉上的笑容和眼裡的光，她不再閉著眼睛，而是迎著風，和他一起舉起雙手。

像是不顧一切，只為活在此刻。

兩人嘗試了各式的設施，最後則上了摩天輪。搭乘摩天輪的也只有他們。

車廂裡，他們一人坐一邊，保持平衡，戚茉的懼高症雖然還在，但因為有了雲霄飛車的經驗，她並不排斥摩天輪，摩天輪比雲霄飛車令人安心得多，速度緩慢、還有四周的保護。

戚茉上來後便安靜看海，而言玄肆沒看風景，而是看著眼前的人。他心想，把她帶來這裡或許是對的，看著她如此鮮活的樣貌，會因為恐懼尖叫、因為有趣而發笑，如同在他面前，她總是不太一樣，而不是人們所看見的那些冷漠的她。又有些自私地，想要獨藏這樣的她。

他兀自笑笑，嘲笑自己的天真想法。回過神來，發現她正在看著自己。

「怎麼了？」看著他眉眼皆是笑意，戚茉在心中換了一個問題，「你很開心？」

「是不錯。」

戚茉斂下眼，看著自己的腳尖。

「妳不開心？」

她慢慢地搖搖頭，從她垂著的臉龐能看見細微的笑容，「我以前，從來不坐這些的。跟朋友來也是待在旁邊等，因為不玩，所以跟爸媽也不會來。沒想到，放手去玩，居然是跟你一起。」她抬起頭直直地望向他，眼眶有些紅，這一刻，她不想在他面前掩飾，微微一笑，「言玄肆，這是最後了吧？」他眼神一黯，側頭往遠方望去，若有似無地「嗯」一聲。

此時，高度到達最高點，言玄肆猛然起身，坐到她身旁。

車廂晃了晃，戚茉有些慌張、往後靠上背後的玻璃板。他握著她的手，「沒事，妳先別動。」晃的幅度漸漸小了，可他的手卻沒放，只是看著她，「不要哭。」

戚茉這才發現自己的臉上滿是淚水。

並不是因為懼高，並不是因為想起以前，而是，看著他的樣子她害怕。那個夜晚後，每當有人要離開她，她都有預感似地能夠感知。此刻，他在她眼前，卻好像要離開。

「你也要走了吧？」因為哭泣的鼻音讓她的語氣像是委屈。

言玄肆握著她的手緊了緊，沒說話，抬起另一隻手撫上她的臉頰幫她擦淚。她想從他眼裡看見什麼，卻看不清。

「我寧願今天沒跟你來這裡。」她的眼淚又滑落，雙眼卻冷靜地看著他。

言玄肆終於抬起眼面對她。

他朝她靠近，把她困在角落，不想讓她閃躲。他輕聲道，「最後一次，沒有辦法了。今天，就今天，我不是言玄肆，妳不是戚茉……好不好？」他的語氣是懇求、是退讓，他的眼神裡是痛苦、是難過。他將額頭抵上她的，連眨眼都捨不得，只為了多記住她一秒，「我們都不是我們，與任何人無關，不用被拘束、不用被隱藏，好不好？如同在美國的那一晚，初雪降下的那一晚，我們也是這樣開始，現在，就這樣結束。哪怕只有這一瞬，讓我、擁有妳，好不好……」

戚茉望著這樣的他，默默地閉上雙眼。

他的吻便落下來。

輾轉反覆，深入渴求。

他的手穩穩地捧住她的臉，緊緊交握著的手傳遞著溫暖。兩人的氣息相互纏繞，在彼此身上留下隱形卻親密的印記。

他們所在的車廂正緩緩下降著。

言玄肆離開她，額頭仍舊抵著她的，輕輕喘息。戚茉配合著他，臉微微仰起。兩人四目相交，都沒有移開目光，像是留戀一般，誰也沒動。

「不哭了。」他無奈，拭去她不經意又滑落的眼淚。他觸摸著她臉頰的溫度，這樣的熱度燙著他的心，很疼。

「Not because he’s handsome, but because he’s more myself than I am.」他低語道，將她擁入懷中，手掌撫上她的頭，「知道前一句嗎？」

戚茉紅著眼睛，點點頭，想開口說些什麼，卻忍了下來。

兩個小時就這麼結束了。

兩人走近遊樂園的出口，各自的褓姆車早就等在門外，一台在左，一台在右，隔了一段很大的距離。正是分道揚鑣之時，戚茉忽然轉身抓住他的手臂。言玄肆回過頭，藏在鴨舌帽下的眼睛裡看不見他的神情，他微抿著唇，「姚姊在等妳。」

「言玄肆……」他嘴角微勾，另一隻手揉了揉她的頭髮，「戚茉，保重。」

然後，他撥開她的手，人就往前走，沒有回頭。

她愣愣地站在原地，感受到眼淚的搖搖欲墜。她閉了閉眼，故作鎮定地轉身往姚風那裡走去。上車之際，她側過臉朝他的方向一望，只見他挺拔的身影微微一頓，卻仍若無其事地往前走，戚茉心裡沉重著，腳一跨、上了車，沒再看他。

姚風什麼話也沒多問，囑咐了前頭的助理，「開車。」

「Not because he’s handsome, but because he’s more myself than I am.」

「知道前一句嗎？」

戚茉看著窗外，想起那段話：

So he shall never know how I love him: and that,
not because he's handsome, but because he's more myself than I am.

她都明白，他也知道她明白自己要告訴她什麼。

妳永遠不會知道我愛妳。我愛妳，因為妳比我更像我自己。
他只不過是想告訴她，那三個字，以及他無法給予的承諾和陪伴。
戚茉閉上眼睛，卻依然不敢拿下帽子。

「我寧願今天沒跟你來這裡。」

就算能感到快樂，我也不願。
因為你給了我多大的幸福，收回後、失去後、離開後，就給了我多大的痛苦。
言玄肆、言玄肆、言玄肆……

最終話　徒有命運

一

「下雨了呢。這幾天總下雨。」岳幕望著窗外嘀咕，然後默不作聲地回頭看向戚茉。她仍低著頭畫畫。岳幕抿起唇，輕聲問了句，「戚茉，要不要喝咖啡？岳姊給妳買。」

沒回應。戚茉斂著眼，像沒聽到似地，只是動著手上的筆，畫了一件又一件衣服。岳幕感受到眼前的人又回到了初期時的冷冽，而她看著她，竟就這麼想起了一個人，他們的身影重疊、神情相似、姿態相同。

都將自己包覆在冰冷的世界裡。

她看著戚茉，想起十七歲的言玄肆。

十七歲的他，是個剛回國的孩子，空降為模特，沒有經過任何徵選，以幾張照片作為參考，就成了雜誌部與伸展台部的培養對象。這就是當初進入Deus的言玄肆。和戚茉被發掘、定位的方式幾乎如出一轍。

「岳姊。」戚茉突然開口。

「嗯？」

「伸展台部和雜誌部合作的街拍，我也想參與。」她靜靜地說，「和柳藝一起吧。」岳幕有些訝異，「當初妳不是說妳參與了設計，就不參與拍攝嗎？現在願意了？」

「嗯。想多做點事。」

「是可以，那妳的行程……？街拍是在星期五的下午，就是後天，可以嗎？」

「我跟姚姊說一下，我記得那個時段剛好沒什麼事。」

「好。」岳幕微笑，「戚茉，妳有姚姊、有岳姊，許同學也是妳這邊的。有什麼事，都有我們。記住了？」戚茉抬頭看她，心臟有些疼。岳幕不期望她會說些什麼，仍舊帶著微笑起身，「我去跟團隊說一聲，重新分派下街拍的分配。妳繼續在這等姚風吧。」

等岳幕出去了之後，戚茉放下紙筆，看了看空無一人的周圍，乾脆戴上帽子下樓。她搭著電梯，下到一樓大廳，鬼使神差地走到角落的待客沙發旁，坐了下來。大廳的櫃台人員以及保安都知道她是誰，多加留意了些，並沒有上前去打擾。

她壓下帽簷，靠著椅背。想起兩年前，言玄肆曾抱著雙腳皆是傷口的她，不顧姚風的意見，一路搭著電梯，將她放在這裡，然後要自己顧忌他。

自己就是這樣闖進他的世界的。

或許更早，當他在咖啡館一口飲下微溫的黑咖啡、祝她幸運時，她就已經注定要踏上這條路。

戚茉搖頭，拿出手機，給姚風打電話。猛然地，爭吵聲從大門邊傳來，她側頭看去，意外看見一個故人。她沒想過，還能在這樣的場合看見席媛澄，而且此刻的她正低著頭，擔當著挨罵的角色。

有些陌生。

戚茉仍維持著拿著手機等待接聽的動作，隨著那人的聲音不斷抬高，她查覺到不對，便起身往那處走，並在那人正準備動手時，恰好攔下。被抓住的人凶狠地側頭看她，卻冷不防地愣住，這時姚風剛好接了電話，應了一聲，戚茉視線還停在她愣住的表情上，低聲地說了句，「姚姊，妳等我一下。」那人一聽到她喚姚姊，心裡更加篤定了戚茉的身分，氣勢瞬間萎靡，弱弱地打了招呼，「戚茉前輩。」戚茉挑起眉，「妳是模特？」

「是，網拍部的……」

她鬆開她的手，低頭瞧見地上的便當，猜測是訂便當上的問題。小模看見了她的視線，便趕緊解釋，「是這送便當的訂單聽錯，一直執著自己是對的，多訂了兩個，我說要退費，她不讓，沒看過這樣無賴的人。」

戚茉抬眼，正好碰上席媛澄的目光，那目光有驚訝、有自卑、有慌張，卻沒有出聲辯駁。確實是跟高中時期不大一樣了。她轉回來看她，「拍攝都沒時間了，妳還有空吵架？」

正好攝影棚內的人出來尋她，看見戚茉在一邊，便訕笑著詢問狀況，小模一五一十地說了，另一個人趕緊賠笑道，「是我們後來又加訂了，因為臨時來了兩個幫忙的模特。不好意思啊。」這場面倒是尷尬，只有戚茉淡定地將手揮了揮，讓他們趕緊走。清了場後，戚茉才拿起手機同姚風說話，「嗯，只是小事，沒有打起來，他們不敢。嗯。我跟岳姊說了，要參加這次街拍。星期五的下午。對，好，知道了。」她掛上電話，眼前的人還沒走。

席媛澄看著她，開口道謝，「剛剛謝謝妳。」

「怎麼不準備還手？」戚茉將手機放進口袋，「要是她真動手了，就乖乖被打？」

她無奈笑道，「不能再流氓了，做生意得講道理，不講道理的，只能稍微忍著。自己本就沒錯，要是真打人了，倒是真的有錯了。」戚茉看著她的臉龐，沒了以前她總往臉上抹的那些花花綠綠的痕跡，整個人的氣質成熟了些。她的語氣頓時就柔和了下來，「過得好嗎？」

「挺好的。」她微低下頭，「畢業之後，遇見了一個很好的人，所以自己也想重新來過。現在就邊賺錢邊念書，準備考大學。是辛苦，但是有他，就很好。」

戚茉望著她，有些感慨。席媛澄抬起頭直視她，「以前，對不起。對妳做的那些事、說的那些話，都對不起。那個時候，是我太不成熟，也太自卑。畢業之後，看著關於妳的新聞，就一直想對妳這麼說——」

「沒關係。」她打斷她，面目沉靜，「我沒放在心上。」

她斂下眼，「那就好。」

「席媛澄，」戚茉的聲音很低，像是在喃喃自語，卻又在和她說話，「好好生活吧，會幸福的。」席媛澄微愣，隨即紅了眼眶，微笑起來，「戚茉，妳也是。」

決定重新來過之後，在許多感到疲倦並獨自一人忍受辛苦的時候、為了成長到能與愛人並肩而不敢傾訴的時刻，這句話，她卻忘記了。是戚茉告訴了自己，提醒了自己。

這樣簡單的一句話，是溫暖，是力量，也是祝福。

原來，她還是看見了辛苦的自己。

席媛澄出了Deus的大樓，雙手護著頭，跑進雨裡。戚茉看著她的身影，也看見對街的男人，他正撐著傘，向席媛澄招手、微笑，席媛澄也揮了揮手，更加快速地跑過馬路、跑到傘下、跑進那人的懷抱裡。

戚茉望著望著，不禁出了神。

「妳永遠都不能忘了顧忌我。」

「如同在美國的那一晚，初雪降下的那一晚，我們也是這樣開始，現在，就這樣結束。」

千萬不要相信幸福。

她差點就相信了他。

二

Stella。

「謝謝，用餐愉快。」席媛澄邊彎腰敬禮，邊關上門。她呼出一口氣，走向電梯，給男朋友發訊息，並按了下樓的按鍵。忽然，她從某一間辦公室聽見了一個聲音提到「Deus的街拍」，她原不想偷聽別人說話，但她下一秒聽見的話卻讓她感覺到不對勁，那個女人說「要弄死她」。

席媛澄出於想一探究竟的好奇心，默默地移動到那個辦公室門邊，偷偷地瞄了一眼，聲音的主人她不陌生，是前陣子在電視上出現過的舒乙莘。席媛澄暗自想，這位聽說就是會惹麻煩的人，現在又說要弄死誰，看來被公司冷凍起來也是情有可原。

辦公室內的舒乙莘正拿著手機說話，「是星期五下午，就是明天。Deus的街拍，有一條從他們公司的模特宿舍過去的必經之路。她們早上就要去準備了，一定會從宿舍出發，在那裡準備好。對，一台轎車、一台砂石車。怎麼做？撞上去就行了。」舒乙莘停了會兒，繼續說道，「轎車算好時間撞上去，一般人出於反應，一定會踩煞車，這時候砂石車再衝撞上去，夾在兩台車中間，又受到大力撞擊，難道還能活？」

席媛澄睜大著雙眼，雙手緊緊捂著嘴，心跳很快。這是要出人命的……

「我哥？你還管我哥啊？我哥要不是默認，怎麼會讓你聽我的？他不敢做，我敢就行了。不就是柳藝嗎？沒後台，死了之後也不會有人替她找上門的。放心吧，就當作一般的交通事故。不是還有那些要還債的人嗎？錢都給，讓他們喝點酒，弄成酒駕就行了。這麼龐大的債務，只是進去吃牢飯就能夠解決，他們不樂意嗎？」

舒乙莘這時站起身。

席媛澄覺得她不能再聽下去，她趕緊退回電梯前，匆匆忙忙拿起耳機戴上，假裝自己正隨音樂搖頭晃腦，什麼也沒聽見。果然，當舒乙莘走出來，看見了她，一時有了警戒心，又看見她連她的腳步聲都沒聽見，專注地聽著音樂、擺弄手機，就不再理會她，搭著員工專用的電梯下樓。

席媛澄也進了一般電梯，待門關上後，這才把耳機拿下，大大地深呼吸著。

Deus。街拍。星期五下午。模特宿舍。車禍。

她快速消化著訊息，猛然想起一個聲音。

「嗯，只是小事，沒有打起來，他們不敢。嗯。我跟岳姊說了，要參加這次街拍。星期五的下午。對，好，知道了。」

她僵住。

可是，剛剛在電話中說的是柳藝……

……可是，萬一出差錯怎麼辦？

她想起戚茉的臉，以及她告訴她的話。席媛澄心裡一緊，真害怕事情會發生。

她出了電梯就往門外跑，並騎著機車往Deus的方向去。

到了之後，她提著要送往別處的便當，儘量保持自然地走到櫃檯，揚起笑，「妳好，我來送便當。」櫃台小姐已經對她的模樣熟悉，並沒有多加懷疑，遞了訪客卡給她。

「謝謝。」她接過，刷了感應閘門，搭著電梯往上。她曾送過便當到經紀部的辦公室，所以熟悉樓層。她現在只希望自己運氣好，可以找到戚茉的經紀人。

電梯門開了，她往走廊去，不疾不徐地，不敢走快、怕錯過，不敢走慢、怕被懷疑。她離經紀部的辦公室幾步之遠，正看見一個人走出來，往廁所方向去。席媛澄咬著牙，快步走往門邊，發現一個人都沒有，她趕緊放下便當，走進去。

她的腦子飛快地運轉，看了各個辦公桌上的名牌，找到了姚風的名字。她嘀咕道，「戚茉叫的姚姊是她吧？這裡也只有一個人姓姚啊，啊……不管了……」

席媛澄從姚風桌上抽了隻筆，撕了兩張便條紙，胡亂寫下：「街拍請不要去」、「別踩煞車，踩油門」，她聽見了腳步聲，心急了，匆匆忙忙貼在桌面的正中間，往門外跑，並拿起手機裝作在看，才剛站定，剛剛的人就從廁所的轉角出來，面帶驚訝，「請問妳找誰？」

她擺出迷路的尷尬表情，「我要給雜誌部送便當，好像走錯了……」

那位經紀人不疑有他，明確地給她指了路，「到六樓，出電梯右轉。」

「好的，謝謝。不好意思，打擾了。」說完，趕緊拎起便當下到一樓，把訪客卡還回去，訕笑道，「我老闆剛剛跟我說她記錯了，今天沒有要送這裡。」櫃台小姐笑了笑，說了句，「妳也挺辛苦的。」

「不會的。我先走了。」

她騎著車，把便當確實送完之後，並沒有立刻回到店裡。她覺得自己好像做錯了，什麼「別踩煞車，踩油門」，不也是死路嗎……

真的太趕了，也太心急。

席媛澄嘆了口氣，只希望能用上第一張，讓戚茉不要去街拍就好了……

／

「小姚，這麼晚還回辦公室啊？我們打卡可是沒全勤獎的呢。」一個同事打趣她。姚風邊走回座位邊笑，「我是回來看有沒有人給我送吃的，慰勞可憐的經紀部族群。」

「別傻了，就只有一堆合約在等妳。」

「那比吃的更實際，是我的口味。」她開著玩笑，坐回位子上，一張一張撕下貼在工作牆上的便條留言，有些記下，有些當下回覆，然後通通丟進垃圾桶。處理完後，她再瀏覽那些桌面上成疊的紙張資料，分好類別，公文、合約、注意事項、開會通知，這些事情她已駕輕就熟，做起來很快，包括要讓戚茉看哪些合約都能快速判斷出來，裝進資料夾。

處理乾淨後，她才看見原本被壓住的兩張便條紙。

姚風愣了愣，拿起一看，眉頭皺起。

「……今天，有誰進來過嗎？」她問，但也知道意義不大，經紀人誰不是常待在外頭，怎麼會知道誰進來過。

「我今天下午在，但沒人進來。怎麼了？」

「沒什麼……」她盯著那兩張便條紙，仍是困惑。

——街拍請不要去。

——別踩煞車，踩油門。

看得出來是很匆忙寫下的筆跡。第一張沒說明原因，第二張像是惡作劇，她看了半天，一點頭緒也沒有。她把東西收拾好，連同那兩張便條紙一起收進包包，起身離開辦公室。

姚風開著車，越想越不對，戴上藍芽耳機給岳幕打電話，「岳姊，我是小姚。」

「我知道，我正想打給妳。妳先說吧。」

「明天……能不能照原本的計畫？戚茉能不去嗎？」

「這麼突然？怎麼了？」

「沒有，這是我個人的想法，還沒有跟戚茉討論過。」

「我也是因為這個問題要給妳打電話。柳藝明天請假了。許同學說是這幾天拍廣告時淋了雨，又操勞過度，人倒了，發了兩天的高燒，還說凌晨再不退燒就要送急診了。」

「請假？那……」

「戚茉是一定要到的了。其他都是小模，不行的。還是，戚茉有什麼不方便？也病了？不高興了？」

「不是的……」姚風輕嘆了口氣，這樣的情況，就算她推了，戚茉也一定會要參與的，「明天會去的。今天我提的事，還請岳姊不要在意。」岳幕沒多想，安慰了下她，「我知道妳擔心戚茉累，明天我會盯著，誰要是讓她操勞，我讓那人好看。妳放心吧。」

「好。我正開車，先掛電話了。」

姚風摘下耳機，放到一旁，呼出一口氣，喃喃著，不會有事的，姚風，不要在意，沒事的。

／

隔天早上，姚風開著褓姆車到模特宿舍的地下停車場等著戚茉。戚茉穿著輕便，簡單地搭著一件外套，頭上扣著一頂黑帽，拉開後座的門，跨上車。她看見駕駛座上的人，有些意外，「今天怎麼是姚姊開車？」姚風也無奈，「小助理聽說吃壞肚子，現在在醫院吊點滴呢。」

「這樣啊。」戚茉調整了下帽子，頭靠向椅背，不再說話。姚風微笑，「先閉眼養神一會兒，旁邊的毯子記得蓋著。」

「嗯。」她聽話地拿過毯子，攤開，蓋住自己，「好了。」

「那就出發了。」

戚茉看著窗外的景色不斷變換，雨始終沒有停過。她的眼底下有微微的青色，她已經習慣了。陰雨綿綿的時刻她也總是睡不好。

姚風停了一個紅燈，難得的安靜。她知道，只要過了這個十字路口，就離拍攝地點不遠了。或許昨天的便利貼真的是場惡作劇，不用太擔心。她抿起唇，看著號誌亮起綠燈，她便踩下油門。

一瞬間，一台轎車朝著她們的左邊加速而來，毫不猶豫地撞上車體。戚茉冷不防地撞上車窗，而姚風則是承受了撞擊力道，一時間人整個暈眩恍惚，卻還是下意識地轉過方向盤，閃避撞擊，並踩下煞車。頃刻間，姚風想起那張便利貼。

——別踩煞車，踩油門。

她心裡一緊，看準對面車道的紅燈，一咬牙，鬆開了煞車，將油門踩到底。就在車子開離原地的下一秒，砂石車從另一邊而來，狠狠撞上肇事的小轎車，當場就起火爆炸。

而褓姆車直直撞上山壁，車裡的兩個人全往前傾去。

轉瞬間，外頭慌亂一片。

姚風滿頭是血，身體靠在方向盤上，動也動不了，僅有一些意識，不斷喃喃，「戚茉、戚茉……」她轉不過身，看不見戚茉的狀況，只感受到疼，無比得疼。

街拍請不要去……

街拍請不要去……

姚風頭上的血流過她的眼睛，混合著她的眼淚，腦中閃過無數個畫面、無數個聲音。她努力呼吸著，卻覺得空氣越來越稀薄，在全然疲倦之際，都不願閉上眼睛。

最後，她心中只剩下一個念頭——

戚茉，對不起。

說好的和妳並肩，說好的陪伴，說好的妳能走得多遠、我就跟妳走得多遠；

說好的、妳不再是一個人……

對不起，戚茉，姚姊好像要失約了……

三

她坐在椅子上，盯著自己的雙手。她沒辦法忘掉，他們的手在她手裡沒有了餘溫、變得僵硬。她沒有辦法溫熱他們。然後她就這樣被迫放手，就這樣看著他們被推進一個冰冷的地方，關上門，與這個世界隔絕，與她隔絕。

「請節哀。」醫生落下這麼句話，便安靜地走了。

她瞥見地面上無數個人的腳來來往往，耳邊又是撕心裂肺的哭聲，層層疊疊，把她推回悲傷難以承受的地方。那裡充滿了絕望和哭聲，她永遠都沉默。

她知道，她又重回那個夢境。

兩年前不斷纏身自己的夢魘，如今又再度上演。

醒過來，要醒過來……

她又落入另一個夢。夢中有許多人對她微笑，爸媽、咖啡館的老闆娘、岳幕、姚風、湯沂、言玄肆，他們同時說著話，她什麼也聽不清楚，他們都在自己的宿舍裡走動，忽然姚風叫了她，站在玄關邊，朝著她笑，「聯合展的海報就掛這吧？我都看過了，這裡最好，最氣派。」

忽然之間，畫面天旋地轉，她感受到身體上的疼痛，耳邊是劇烈的碰撞聲，隨後她的目光便落在自己的手，全身動彈不得，只能看著一滴一滴的血不斷地落在手心上，蜿蜒流至指縫，滴落在腳邊。她慢慢地閉上眼，隱約聽見了前方姚風的聲音，小小地，在叫她，「戚茉、戚茉……」

姚姊，這也是夢吧……

她緩緩睜開眼睛，白光刺眼，讓她的眼睛有些發酸。

「戚茉，清醒了嗎？」岳幕按了床邊的按鈕，把手擋在她的眼睛上方，讓她可以舒服一點，「妳先別動，我按呼叫鈴了，等醫生來。」戚茉輕輕側頭，看向岳幕，「岳姊。」

「嗯。」她勉強地扯出一個笑容，「先別說話，再休息會兒，等醫生先看過妳，再說話。」戚茉眨了下眼睛，這才感受到身上的疼痛。

和剛剛在夢裡一模一樣。

醫生走進來，問了她許多問題，她一一回答，卻隱隱害怕。

「……除了身上多處瘀青，頭還有些輕微腦震盪，其他都沒什麼大問題。一個星期後記得來拆額頭上的線。」岳幕點頭，「好，謝謝醫生。」

戚茉看向她，而岳幕的表情很平靜，因為她知道，她總會問出那個問題。

她見她如此，倒是真怕了，「岳姊……」岳幕坐回椅子上，很用力地握住她的手，「戚茉，姚風……走了。送到醫院前就沒有了生命跡象。她踩下油門離開路口已經把傷害降到最低。戚茉，不要怪她，也不要怪自己。」

戚茉早在岳幕說出第一句話就已僵住，什麼話都聽不進去。她睜著眼睛，淚水迅速盈滿眼眶，往兩旁溢出來。岳幕看著這樣的她，滿是心疼與難過。

很多話，她都知道不該說。什麼要好好活下去、要過得好、要讓姚風放心地走，這些慰藉的話語、希望的字句，都不應該對戚茉說。岳幕知道，這些話都是對戚茉的殘忍。

這個孩子，明明已經很堅強了……

「戚茉，等等出了院，有沒有想去的地方？」她揉了揉她的手，沒得到回應。戚茉根本就不理她，也沒看她。岳幕眼眶一紅，就趕緊側頭背過戚茉。

戚茉忽然動了下，哽咽道，「韻律教室。」岳幕轉回來，有些不確定，「公司？」

「嗯。」

出院的時候，岳幕扶著她，走得很慢。戚茉依然是戴著一頂帽子，帽簷壓得很低，幾乎看不見臉。又加上公司的人在醫院大門混淆記者的視聽，這單薄的兩個人並沒有被纏上，安安靜靜地從急診室的門出來，外頭的許靜站在車旁，看著她們走來，臉上沒有太多的表情。岳幕向她微勾嘴角，眼裡卻沒有笑意，反倒是紅著的眼眶讓許靜有些難受。她避開岳幕的視線，打開後座的門，讓她和戚茉都坐進去，然後自己再繞去駕駛座的位置，上車、發動。

「回公司吧。」岳幕開口。許靜往後視鏡瞥了一眼，見急診室門口，一個黑色身影背過身戴上帽子，揮手致意，她這才開車離開。

回到公司大樓後，戚茉不要岳幕攙扶，執意一個人上樓。

這一層樓因為沒有人，所以沒有開燈，她便一路摸黑，走到了最後一間韻律教室，拉開門，走進去。在她關上門的瞬間，她終於感受到自己將要窒息。

她摸著鏡子前的扶桿，一步一步，走到中間的位置，像是再無力氣一般，雙腿發軟，身體靠著鏡子，直接癱坐在地上。

她閉上雙眼，眼淚直直滑落。

都是那麼相似。

兩年前，她也是用盡全力在黑暗中行走，從雨中回到那個家，在滿是回憶的地方失去力氣，癱坐失神，忍不住眼淚，也忍不住疼痛。戚茉睜開眼，在沒開燈的韻律教室，她什麼也看不見，耳邊卻有很多聲音響起來。

「姚姊，那些夢……原來都是真的……」她已不再去擦拭眼淚，就任由那些痕跡停留在她臉上，讓淚水乾去之後與皮膚的拉扯提醒著她還活著。

一切就是從這裡開始的。

滿地的碎玻璃、雙腳下的傷口、與言玄肆的真正相識，還有，那個時候，一打開教室的門，她就能看見姚風，看見她或心急的表情、或關懷的笑容。

那個時候，一打開教室的門，她就能看見她在那裡等著自己。

「戚茉，我是妳的經紀人，可以叫我姚姊。我們先進去吧。」

「怕妳進來找不到路，所以就在門口等了。」

「戚茉啊，妳喜歡吃什麼？等會兒妳下了課我給妳送來，公司報帳，可以多點些。」

「說什麼謝，我現在手上就妳一個模特，當然對妳好，傻孩子。」

再也沒有了……

父母、朋友、言玄肆、姚風……

他們都走了。

她本以為，自己已不會這樣無助。

戚茉緩緩縮起腳，抱住自己，閉上眼睛。

凌晨時分，戚茉回到模特宿舍。

剛關上門，頃刻間，她覺得自己動彈不得。牆壁上的海報已經好好地掛著了。

「聯合展的海報就掛這吧？我都看過了，這裡最好，最氣派。」

戚茉想起來了，她是真的這樣跟她說過。

她的神情漸漸渙散，低頭看著自己換上的拖鞋，又看見旁邊屬於姚風的拖鞋，默了會兒，她又鬼使神差地往裡頭走去，目光所及之處，都無比沉重。姚風帶給她的茶葉、姚風自己愛吃的零食、姚風買來送她的小盆栽、姚風昨天拿給她的資料、姚風、姚風、姚風、姚風……

戚茉停下步伐，大口喘著氣，眼淚直接滴在地板上。她用力抓住脖子，自己忍不住乾嘔。想要呼吸，卻又想就此結束。

她的腦中忽然閃過一個畫面。她居然還記得，是在她小時候成長的家中，她站在玩偶前面，而姚風在她身邊，她告訴她：「姚姊，崩潰，只需要一個瞬間，和一個念頭。這個房子裡的每一個東西背後都有他們的笑容。每當看見這些玩偶，都會想起自己在他們面前的單純，他們給予我的疼愛和幸福，都凝聚在他們望著我收下玩偶時、那樣期待與滿足的笑容。但是，我現在卻覺得疼，想起來就難以呼吸。為什麼呢？」

那是第一次，她在她面前掉下眼淚，「對於他們的愛，我太被動，我甚至感到抱歉，因為太晚回應而抱歉，因為時而辜負了他們而抱歉。想起他們的難受除了不捨之外，還有罪惡感。他們的失落在我心中被無限放大，這些東西，對我來說是美好，卻也是傷口。

「我們，為什麼要幸福呢？有了幸福，就是不幸的開始，後來就會貪心，貪心就是很多的希望與失望。他們為我做的一切，對我的好，始終脫離不了我的罪惡感，變成無以名狀的哀戚與眼淚。姚姊，人的心魔是不是挺可怕的？」

人的心魔，終究會回應到自己身上。

自己對姚風的愧疚與依賴此刻也被放大成無數倍，全都反噬到自己身上。

「妳不喜歡醫院，我可以不讓妳去，我照顧妳；妳抱病工作，我可以支持妳，幫妳準備好所有東西；有些話妳不想說，我不勉強，我就聽妳想說的話。」

「戚茉，我想和妳並肩。我所想做的只是、在這條路上陪伴妳，妳能走得多遠、我就跟妳走得多遠，雖然身為經紀人說這樣的話不太好，不過，我不想保證妳的輝煌，我只想確保妳的安穩。」

「今天以前，不知道妳曾發生了什麼事，如何難過、如何度過，那些或許很難忘卻，但是，我想說的是，今天以後，妳真的、不會是一個人。」

「茶還是要茶葉泡的才香啊，茶包還是少了點茶味。下次，我再給妳帶來吧？就不要茶包了。」

「是呀，我也是二十五歲好年華。」

「幾乎每個有點名氣的模特都會這樣做呢，柳藝肯定在宿舍裡掛了好幾幅，言玄肆每次都把拍攝作品要回去，大概也會留自己滿意的，怎麼樣，好不好？那件衣服真的很美。」

戚茉捂住自己的耳朵，卻阻擋不了那些回憶的聲音。

她猛然蹲下身，尖叫聲劃破黑夜的靜，在只剩自己一人的宿舍裡，落入死寂。

「好好生活吧，會幸福的。」

這一句話，終究是妄想。

原來，失去幸福之後，就注定了會不幸一生。

究竟我們，為什麼要幸福……

四

清晨五點多，言玄肆躺在床上，很清醒。他不斷回想起在醫院時看見的戚茉，她似乎更瘦了些，一步一步都帶著逞強，而他就站在急診室門邊，看著她這樣一步一步經過自己。他差一點，就要上前去擁抱她。

他把手臂抬起，擋住了眼睛，深深地呼出一口氣。

姚風不在了，現在是誰陪在她身邊？言玄肆握緊拳頭，又鬆開，忽地笑了。

什麼也做不了。為了她，他什麼都不能做……

手機這時響起。

他伸手去摸，拿至眼前，懨懨地接起。

是岳幕。

他還沒來得及開口，岳幕急切的聲音便傳來，「玄肆，戚茉有沒有在你那裡？她有沒有找你？還是你知道她會去哪些地方？我沒人問了，只好問你。」他猛然坐起身，「怎麼了？找不到她？」

「出院後她說想回公司，我送她去了，後來她說想回宿舍，我看她恢復正常，就讓她回去。結果剛剛去宿舍想看看她，按了半天門鈴也沒人回應，後來找鎖匠開了門後，發現戚茉根本不在裡面。而且……而且……」她說到後面，有些膽顫心驚。

「而且什麼？」他不禁加重語氣。

「她宿舍裡有幾個紙箱，像是收拾了東西，可是日常用品都沒有收，不像是要搬家。」言玄肆心頭一跳，整個人從床上起身，拿了件外套穿上，「岳姊，我也不知道她會去哪。妳先守在那，她可能只是離開一下，不要錯過。我先掛電話。」

「好。」

他走出臥室到客廳去，匆忙拿起車鑰匙，手機這時卻又響起。他看見來電人，心急地接起，「戚茉，妳在哪？」

「言玄肆。」她的聲音輕柔，「如果那天就是末日，你還是會放開我嗎？」
「戚茉，先告訴我妳在哪，我去找妳。」
「如果今天會是末日，你也還是會放開我嗎？」他僵住，莫名心慌，「戚茉，妳聽話，妳告訴我，好嗎？妳現在、在哪裡？嗯？」
「言玄肆，原來我的人間是你。」她輕聲笑，「不要找到天堂。你曾這麼告訴我，現在我終於懂為什麼了。因為天堂，就是地獄，幸福一轉眼，就是不幸。逃都逃不開。而人間，最現實，卻也最踏實。言玄肆，自始至終，我的真實，都給了你。縱使你離開，我終究記得你的好。」
「戚茉，」無力感湧上心頭，言玄肆的手緊緊握著車鑰匙，「還不是末日。還不是。我答應過她，要護妳，不管用什麼方式。」
「你們從沒想過我，從沒想過……」戚茉終於哭泣出聲，「如果護我周全的代價是失去，我寧可粉身碎骨。你明明知道，我最討厭的從來就只有失去，無能為力地看著自己失去……」他壓下心疼的感受，努力維持著理性，仔細去聽她附近的聲音，發現什麼也沒有。她在密閉空間裡。
他走了幾步，思考著她現在到底會在哪裡。
「真希望你能找到我，找到那個還很美好的戚茉。」
言玄肆斂下眼，直直往門口走去，「戚茉，妳一直都很好。」
「言玄肆，你始終還是縱容我的，我想要的，你還是都給了我。包括完全的絕望。」
他心裡一緊，加快腳步。不管她在哪，他都得出去找。
不可以、不可以再坐以待斃。
瞬間，言玄肆隱隱約約聽見了風聲，與引擎的加速聲，來不及去辨認，戚茉的聲音再度傳來，「你曾經告訴我，這個世界上，或許沒有光，也或許沒有我。我信了。我做了一場不屬於我的夢。現在，也該醒了。玄肆、言玄肆，謝謝你，謝謝你們，讓我也曾捨不得這個世界。」

「戚茉——」

言玄肆的腳步隨著一聲巨響而頓住。

那聲響只有電話這頭的他能聽見，卻像是停擺了全世界。

那一刻，末日並沒有來臨，卻宣告了哀傷永無止境。

末語

五月。

「——Deus知名模特戚茉，在今日早晨五點多，車禍身亡。根據現場了解，此次車禍並無肇事車輛，死者所在的車內也只有她一人，判斷是衝撞山壁，受到撞擊，成為主要死因。車體損毀嚴重，可見當時車速極快，死者於當下便無生命跡象，而由於柏油路上皆無任何煞車痕跡，專業人士認為自殺的可能性極大——」

六月。

「——今日早上，Deus宣布其首席模特言玄肆的合約到期，並不再續約，言玄肆正式從首席之位卸任，其長達九年的模特生涯就此結束。而Deus旗下首席模特柳藝最近身受惡評所擾，今日也經由公司宣布，她將結束與Deus的模特合約，轉到Deus旗下的經紀公司，開始演藝活動，日後不再以模特的身分進行工作——」

「——稍早宣布從Deus卸任首席之位的言玄肆於剛剛中午，透過言氏集團的聲明稿，承認是言氏同等繼承人，且正式接手言氏集團的職位與業務，即日生效。同時，言氏集團也發布了言玄肆的婚期——」

九月。

「——晚間，Stella正式宣布倒閉。而舒氏集團多處產業皆因財務問題深受打擊，股票持續下滑。今晚，舒氏集團的掌權人舒呈因集團多處違法之舉，受到檢察官起訴。而舒家千金舒乙莘則涉嫌教唆殺人，人也已經到案說明。詳情請待後續追蹤——」

隔年一月。

「——消息快報。言氏集團董事言故書被爆多年來收受賄賂、發放高利貸等多樣違法醜聞，證據俱足，人將鋃鐺入獄，接受法律的制裁——」

／

二月，美國。

「玄肆，仗打完了，你自由了……，你要毀的舒家，也確定沒救了……」言似清聲音疲倦，又略帶歉意。言玄肆毫不理會電話中的聲音，歛著眼，一一撫過那些照片。本不該迷戀影像中的人，他比誰都清楚，可他，卻不禁深陷其中。他只剩下這些了。

言玄肆從沒想過，他每一次拍攝完畢，總會要求攝影師將檔案寄一份給他的習慣，居然讓自己有了緬懷她的憑藉。她或冷或笑，都如此熟悉，如此令人心疼。

已經半年了，他也已經回到這半年了。他本以為，自己再也不會回到這裡。年少的自己在這裡求學，是夢想，卻也是地獄。會再回來，只是因為去年初雪降臨的那天，他曾帶她來過，希望她能來看看年少時的自己，卻沒想到，她就這麼停在這、也停在他的心裡。

「人的念想是有額度的。而幸福也是。想要一輩子都能夠懷念、想念，就只能每一次，都只想一點。所以，妳就允許我，只靠近妳一點、只想妳一點，這些額度，我想要一輩子……」

他曾這樣告訴她。言玄肆閉上眼，眼淚直直落下。

戚茉，如果結局都是一樣的，我不會放開妳。我只是怕了，怕因為自己的緣故，怕他們找上妳，怕自己又要失去所愛之人。

終究，我還是失去了。

「玄肆？」他再睜開雙眼，眼睛早已通紅，神情渙散，想著她的聲音、她的眼睛，「……only do not leave me in this abyss……」如同《咆哮山莊》裡，希斯克利夫說，別把我留在沒有你的地獄。言玄肆早就身在其中。沒有她之前，沒有她之後，都難以獲得救贖。

「哥，你用我，去卸下叔叔的戒心，才能夠拿下言家，我本該怪你，但也還是要謝謝你。」他恢復神智，低聲說道，「從此以後，別再找我了。」

「玄肆——」他切斷所有聲音，側過頭，去拿畫架上的一張紙，久久凝視著。紙張的這一面，只有一雙眼睛，是他畫的她，在去年。他默默翻到背面，也只有一雙眼睛，他認得出，那是自己的眼睛，右下角的落款名是戚茉。

她的眼睛，言玄肆。

他的眼睛，戚茉。

他懂，他都懂——

I am you. You are me. More myself than I am. My love……

事發一個星期之後，言玄肆曾到戚茉的宿舍去。岳幕說的紙箱仍擺在地上，他走過去，蹲下，仔細地看過。在某一箱上頭，看見了她寫的小字：給言玄肆。他紅了眼眶，卻忍住沒哭。

他乾脆坐下來，把紙箱打開。裡頭沒有什麼特別的，可他一看便懂得了。

她留給他的，是一本相簿、兩本畢業紀念冊、幾隻娃娃、所有有她的Deus雜誌、兩個小盆栽、三包茶葉、一張看診單、一本存摺和印章、還有一本《咆哮山莊》的原文書。戚茉還寫了遺囑，很簡單，說把自己存摺裡的錢，全部留給姚風的媽媽。他記得，姚風是單親家庭長大的。

這些東西，他看在眼裡，感到無比沉重。

他先拿起看診單，想都沒想，就撥電話過去。接電話的是一個女人。

「妳好，我是戚茉的家屬。」她一時沉默，嘆了口氣，「對於戚茉的事，我很遺憾。」

「她……怎麼了？」他一時語塞，只能用「怎麼了」這三個字來提出疑問。

「以往都是姚風陪她來的，但我知道姚風也……」她微微哽咽，「抱歉，我有些失控。戚茉給我傳了訊息，說如果有個男人打電話來問關於她的病情，就讓我告訴他。原來是在交代遺言……」

「我只能說，戚茉她不容易。自從她父母出事、親戚不打算照顧她之後，她的憂鬱症就很嚴重。在我問診她的過程中，我才知道，她在學生時期就有一些輕微憂鬱，是後來出事之後，觸發了，才變得嚴重。她習慣性壓抑自己，不愛吃藥，常常睜眼到天亮，睡不著、睡著了就作夢，久而久之她便有些心理障礙。這兩年她過得並不好，很不好，模特的工作太重，常常要求很多『表演』，戚茉跨過去了，把自己藏得更深。她前期有很重的自殺念頭，後來漸漸好了，姚風幫她很多。可沒想到，姚風走得這麼快。而戚茉……也走太快了……在收到那封訊息之後，我甚至來不及和她聯絡……」

他掛上電話後，久久不能回神。

「謝謝你們，讓我也曾捨不得這個世界。」

他心裡發緊，伸手去拿起相簿，卻因一時無力而落在腳上，頁面被翻開，戚茉與她父母的合照頓時出現在他眼前。看著照片裡笑得溫柔的她，言玄肆卻想起初見時偏執冷漠的她；看著裡頭她開朗的身影，卻想起眼神空洞麻木的她。

如果沒有遭遇那一切，她絕對會好好地過她的生活，還會是個不那麼沉重的女孩。

也仍是，會讓他心動的女孩。

或許，除了愛還是愛，就是會少了點心疼。

「喜歡苦瓜嗎？」

「只有這一次，我好像真的會搞砸。」

「很安靜，很亮。在這裡感覺不到外面，就好像不用活著。」

「我一晚上沒睡，現在餓了，去喝咖啡嗎？」

「希望你不會覺得我很麻煩。」

「如果今天下雪了，你可不可以、讓我許一個會實現的願望？」

「言玄肆，對不起……」

戚茉……

「言玄肆，自始至終，我的真實，都給了你。縱使你離開，我終究記得你的好。」

「言玄肆，真希望你能找到我，找到那個還很美好的戚茉。」

他把相簿連同箱子緊緊抱在懷裡，在她走後，第一次失聲哭泣。

「找到妳了……我找到妳了……」

／

那一刻，言玄肆已死。

從此之後，他將不再活著——

戚茉，我將用剩餘的一生祭奠妳。

用此一生，祭奠妳。

（正文完）

要青春36　PG1977

要有光 FIAT LUX

哀凋

作　　者	蔚　夏
責任編輯	林昕平
圖文排版	周妤靜
封面設計	蔡瑋筠

出版策劃	要有光
發 行 人	宋政坤
法律顧問	毛國樑　律師
印製發行	秀威資訊科技股份有限公司 114台北市內湖區瑞光路76巷65號1樓 電話：+886-2-2796-3638　傳真：+886-2-2796-1377 http://www.showwe.com.tw
劃撥帳號	19563868　戶名：秀威資訊科技股份有限公司 讀者服務信箱：service@showwe.com.tw
展售門市	國家書店（松江門市） 104台北市中山區松江路209號1樓 電話：+886-2-2518-0207　傳真：+886-2-2518-0778
網路訂購	秀威網路書店：https://store.showwe.tw 國家網路書店：https://www.govbooks.com.tw
總 經 銷	聯合發行股份有限公司 231新北市新店區寶橋路235巷6弄6號4F 電話：+886-2-2917-8022　傳真：+886-2-2915-6275

出版日期	2018年8月　BOD一版
定　　價	320元

國家圖書館出版品預行編目

哀凋 / 蔚夏著. -- 一版. -- 臺北市 : 要有光,
2018.08
面 ;　公分. -- (要青春 ; 36)
BOD版
ISBN 978-986-96693-1-3(平裝)

857.7　　　　107011586

讀者回函卡

感謝您購買本書，為提升服務品質，請填妥以下資料，將讀者回函卡直接寄回或傳真本公司，收到您的寶貴意見後，我們會收藏記錄及檢討，謝謝！

如您需要了解本公司最新出版書目、購書優惠或企劃活動，歡迎您上網查詢或下載相關資料：http:// www.showwe.com.tw

您購買的書名：＿＿＿＿＿＿＿＿＿＿＿＿＿＿＿＿

出生日期：＿＿＿＿年＿＿＿＿月＿＿＿＿日

學歷：□高中（含）以下　□大專　□研究所（含）以上

職業：□製造業　□金融業　□資訊業　□軍警　□傳播業　□自由業

□服務業　□公務員　□教職　□學生　□家管　□其它＿＿＿

購書地點：□網路書店　□實體書店　□書展　□郵購　□贈閱　□其他

您從何得知本書的消息？

□網路書店　□實體書店　□網路搜尋　□電子報　□書訊　□雜誌

□傳播媒體　□親友推薦　□網站推薦　□部落格　□其他＿＿＿＿

您對本書的評價：（請填代號　1.非常滿意　2.滿意　3.尚可　4.再改進）

封面設計＿＿　版面編排＿＿　內容＿＿　文／譯筆＿＿　價格＿＿

讀完書後您覺得：

□很有收穫　□有收穫　□收穫不多　□沒收穫

對我們的建議：＿＿＿＿＿＿＿＿＿＿＿＿＿＿＿＿

＿＿＿＿＿＿＿＿＿＿＿＿＿＿＿＿＿＿＿＿

＿＿＿＿＿＿＿＿＿＿＿＿＿＿＿＿＿＿＿＿

＿＿＿＿＿＿＿＿＿＿＿＿＿＿＿＿＿＿＿＿

請貼
郵票

11466
台北市內湖區瑞光路 76 巷 65 號 1 樓
秀威資訊科技股份有限公司 收
BOD 數位出版事業部

....

（請沿線對折寄回，謝謝！）

姓　名：____________　年齡：________　性別：□女　□男

郵遞區號：□□□□□

地　址：________________________________

聯絡電話：(日) ______________ (夜) ______________

E-mail：________________________________